古代文史名著选译丛书

主编 章培恒 安平秋 马樟根

列子选译

修订版

译注 王丽萍
审阅 周勋初 倪其心

凤凰出版传媒集团 凤凰出版社

图书在版编目（CIP）数据

列子选译 / 王丽萍译注. -- 南京 : 凤凰出版社,
2011.5
（古代文史名著选译丛书）
ISBN 978-7-5506-0432-2

Ⅰ. ①列… Ⅱ. ①王… Ⅲ. ①道家 Ⅳ. ①B223.2

中国版本图书馆CIP数据核字(2011)第046107号

书　　名 列子选译
译 注 者 王丽萍
责任编辑 王华宝
出版发行 凤凰出版传媒集团
凤凰出版社(原江苏古籍出版社)
南京市中央路165号　邮编 210009
发行部电话025-83223462
集团网址 凤凰出版传媒网　http://www.ppm.cn
照　　排 江苏凤凰制版有限公司
印　　刷 江苏凤凰扬州鑫华印刷有限公司
扬州市江阳工业园蜀岗西路9号　邮编 225008
开　　本 960×1304毫米　1/32
印　　张 9.125
字　　数 148千字
版　　次 2011年5月第1版　2011年5月第1次印刷
标准书号 ISBN 978-7-5506-0432-2
定　　价 19.00元
（本书凡印装错误可向承印厂调换，电话:0514-85868858）

《古代文史名著选译丛书》编委会

《古代文史名著选译丛书》修订版出版说明

呈献在读者面前的这套《古代文史名著选译丛书》是2011年的修订版。全书共134册，包括了中国从先秦至清末两三千年间的著名典籍。每部典籍都选其精粹（《论语》《老子》则全文收录），收录原文，加以简明的注释，力求准确地译为现代汉语，并于每一篇之前写有对该文的提示性说明。这是近一个世纪以来，规模最大、收录种类相对齐全、译注质量较高的一套普及传统文化的今译丛书。

这套丛书，原在1992年—1994年由巴蜀书社分三批出齐，印行过万套；不久，又由台湾的出版机构买去海外版权在台湾及海外发行，可见这套丛书当年在两岸受欢迎的程度。时隔17年，丛书编委会决定重新修订，改由江苏凤凰出版集团所属的凤凰出版社出版。

这套丛书是由教育部属下的全国高等院校古籍整理研究工作委员会(简称古委会)于1985年策划的。古委会组织了全国18所大学的古籍整理研究所的所长任编委会编委，由我们三人任主编，在全国范围内选请学有专长的学者承担各书的译注。从1986年—1992年，历时7年完成。当时，编委会制订了严明、可行的体例和细则，译注者按要求完成书稿。每部书稿完成后，都在全国范围内请编委会之外的专门研究这一学术领域的两位专家初审，合格后再请两位编委参照初审意见审改，然后退还原译注者改正。待原译注者改正后，再由编委会集中常务编委和部分编委、相关专家在一地将每部书稿从头至尾审改。这样的集中审稿会一般都在8—15天，7年中开了12次审改会。审改后，三位主编再集中在一起逐一审定，交付出版社。这一工作程序，使得这套丛书的译注质量有了一定的提高。所以，这套丛书，在一定程度上是个人与多人合作的结果。关于这套丛书的编纂始末，我们曾在1992年4月全书交稿后写有一篇文章，这次附在修订版书末，便于读者了解。

这次修订，是交由原译注者自己修改。少数译注者已去世，则书稿一仍其旧。个别译注者已联系不上，也保持原貌。

1992年—1994年出版时，书前有当时古委会主任周林先生写的序。周林先生是这一丛书的发起者。他已于1997年6月去世，至今已14年了。为了尊重历史，也为了纪念他，修订版仍用他的序。

我们三人在1985年—1992年主持这套丛书工作时，年龄大的是从51岁到58岁之间，年龄小的是从44岁到51岁之间，那时尚有精力组织、参与这一工作，今天我们都已年逾古稀。全书修订版出版之际，心情似乎比当年更惴惴不安地期待着读者的评头品足，期待着不要对读者贻误太多。

回想这套丛书，真应该感谢我们的祖先为我们留下了这样深厚、丰富的思想、文化遗产，使我们今天仍然受用无穷。应该感谢这套丛书的全体译注者、审阅者、编委和当年的出版者巴蜀书社、今天的出版者凤凰出版社，是他们的学识、辛勤与真诚使得这套丛书得以面世。

章培恒　马樟根　安平秋

2011年3月15日

序

《古代文史名著选译丛书》与广大读者见面了。这是丛书编委会的同志与众多专家学者通力协作、辛勤耕耘的结果。

中华民族在五千年漫长的岁月里，创造了光辉灿烂的文化，给人类留下了丰富的精神财富。“观今宜鉴古，无古不成今”。今天，以马克思主义的科学理论为指导，整理研究我国古代文化典籍，做到汲取精华，剔除糟粕，古为今用，推陈出新，使人们在正确认识民族历史的同时，得到爱国主义的教育，陶冶道德情操，提高全民族的文化素质，促进社会主义文化的繁荣，使文明古国的历史遗产得以发扬光大，这是我们每个炎黄子孙的责任。而要做到这样，对古籍进行整理与研究是重要的基础工程。但是，整理与研究古籍仅作标点、校勘、注释、辑佚还不够，还要有今译，使老年人、中年人、青年人都愿意去读，都能读懂，以便从中得到教益。

基于以上认识，全国高等院校古籍整理研究工作委员会于1986年5月组成了以章培恒、安平秋、马樟根三位同志为主编的《古代文史名著选译丛书》编委会，确定了以全国十八所大学的古籍整理研究所为主力承担这一看似轻易、实则艰巨的今译任务。在第一次编委会议上，拟定了《凡例》、《编写与审稿要求》、《文稿书写格式》和一百余种书目。以每一种书为十万至十五万字计算，这套丛书大约有一千余万字，应该说是一项大工程。经过一年的努力，完成了第一批三十六部书稿的译注任务。在各研究所的专家与所长把关的基础上，于1987年5月和7月，先后在复旦大学、北京大学召开了部分编委参加的审稿会，通过了二十五部书稿，作为《古代文史名著选译丛书》与广大读者见面的第一批作品。与此同时，在1987年7月6日，邀请了在京的十几位专家教授与编委会十几位编委一起座谈这套丛书与古籍今译的问题。专家们肯定了今译工作的必要性与深远意义，并以他们数十年的教学科研和创作的经验，说明今译是一项难度很大的工作，是培养人才，使之打下坚实基本功的一种有效方法；专家们还对《古代文史名著选译丛书》提出了宝贵的建议，这对当时的审稿工作和保证《丛书》的质量起了很好的作用。

实践证明，古籍的今注不易，今译更难。没有对作品的深入、透彻的研究，没有准确、通俗、生动的语言表达能力，要想做好今译是不可能的。两年多来，全国高等院校古籍整理研究工作委员会在探索古籍的今注、今译的道路上，做了一些工作。这部丛书的出版，是系统今译的开始，说明古籍整理研究工作有了新的进展。更可喜的是，一批中青年学者参加了今注今译工作，为古籍整理增添了新生力量，相信他们会在实践中，在学习中，成长成熟。我希望，这套丛书的编委会和高校各古籍整理研究所要敞开大门，加强同国内外专家学者的联系，征求他们和广大读者的意见，并向有真才实学而又适宜做今译工作的专家学者约稿，以提高古籍译注的水平，使《古代文史名著选译丛书》的第二批、第三批作品的质量更上一层楼。

这是一套以文史为主的大型的古籍名著今译丛书。考虑到普及的需要，考虑到读者对象，就每一种名著而言，除个别是全译外，绝大多数是选译，即对从该名著中精选出来的部分予以译注，译文力求准确、通畅，为广大读者打通文字关，以求能读懂报纸的人都能读懂它。我希望这套丛书能成为中小学教师的语文、历史教学的参考书，成为大专院校学生的课外读物，成为广大文史爱好者的良师益友。由于系统的古籍今译工作还刚刚起步，这套丛书定会有不少缺点、错误，也诚恳地希望读者批评指正。

巴蜀书社要我为这套丛书写序，我欣然接受了。我相信这套丛书不仅会使八十年代的人们受益，还将使子孙后代受益，它将对祖国的繁荣昌盛起到点滴的作用。最后借此机会向曾给予我们支持、帮助的专家学者和巴蜀书社的同志表示衷心的感谢！并殷切地希望台湾同胞、港澳同胞、海外侨胞和我们一同做好祖先留给我们的文化遗产的整理工作，为中华民族灿烂的文化再放异彩而努力！

周　林

1987年10月于北京

目 录

前　言

《列子》一书，唐代柳宗元已对它的真伪产生怀疑，指出“其书亦多增窜非其实”（《辨〈列子〉》）；宋代高似孙更认为它的著者列御寇恐怕是《庄子》里的寓言人物，“其亦所谓鸿蒙、列缺者欤”（《子略》）。近代以来，学者几乎公认它是魏、晋人炮制的伪书，梁启超甚至断言作伪者就是给它作注的晋人张湛（《古书真伪及其时代》）。不过，辨析有关文献载述，综观历代各家考证，比较客观的看法是，列御寇及其《列子》在先秦时代是确有其人其书的，他的学说属于道家之流，颇受庄子称扬，但影响不如老、庄，因而事迹泯没，著作散佚。今存《列子》大概是魏、晋人杂取先秦诸子之言，掺入魏、晋玄佛之见，重编而成，当属伪书。

据汉代刘向《列子新书目录》说，《列子》在汉景帝时曾流行一时。然而事实上，它传播渐广，影响渐大，当在魏、晋玄学兴起之后，《庄子》价值陡增，《列子》因而被留意。今存《列子》最早注本，即为晋人张湛所撰。应当说，《列子》有玄学思辩、清谈精要的特点，其论不乏可取，其文颇有可观。随着道家发展为道教，加之真伪争执的逆反心理，学者研究，读者好奇，因而伪书《列子》虽然未必可居先秦诸子之列，但作为一种思想资料和文学寓言的杂编汇总，它的文化价值与历史地位却是无可动摇了。譬如家喻户晓的《愚公移山》故事，便出于这部伪书，可见一斑。

子列子即列御寇（或作圄寇），是确有其人的。先秦杂家尸佼《尸子·广泽》说："墨子贵兼，孔子贵公，皇子贵衷，田子贵均，列子贵虚，料子贵别，囿其学之相非也，数世矣。"（《尔雅·释诂》邢昺疏引）秦相吕不韦《吕氏春秋·审分览·不二》也曾列举老子、孔子、墨子等不同学说的要点，同样认为"子列子贵虚"。这与《庄子·应帝王》所说列子学说"亦虚而已"，所见一致。可见在战国到秦，列子是公认成一家言的一位思想家，实有其人，并非寓言人物。列子生平事迹的零散记载，几乎都出自《庄子》。可能由于列子"贵虚"，因而诡谲浪漫的庄子曾把他形容得像个神仙："列子御风而行，泠然善也，旬有五日而后返。"（《逍遥游》）不过，庄子笔下的列子，主要还是一位隐士、学者、思想家。大概地说，他是郑国人，师事壶丘子林，悟道后回家，三年不出门，给妻子劈柴烧火，喂猪像喂人。生活贫穷，面有饥色。而他安然自在，块然独立，丧失自我意识，视而不见外物，得了道。郑国卿相子阳派人给他送粮食，他谢绝接受。《史记·郑世家》载，郑繻公二十五年（前399）"郑君杀其相子阳"。据此，则列子当生活在郑国末叶，时当战国前期，年代早于庄子。

《列子》是确有其书的。汉代刘向的《别录》曾加著录。现存其《列子新书目录》这样写道：

"天瑞第一

黄帝第二

周穆王第三

仲尼第四　一曰极智

汤问第五

力命第六

杨朱第七　一曰达生

说符第八

右新书定著八章。护左都水使者光禄大夫臣向言：所校中书《列子》五篇，臣向谨与长社尉臣参校雠太常书三篇，太史书四篇，臣向书六篇，臣参书二篇，内外书凡二十篇，以校除复重十二篇，定著八篇。中书多，外书少。章乱布在诸篇中。或字误，以尽为进，以贤为形，如此者众。及在新书有栈。校雠从中书已定，皆以杀青，书可缮写。

列子者，郑人也，与郑缪公同时，盖有道者也。其学本于黄帝、老子，号曰道家。道家者，秉要执本，清虚无为，及其治身接物，务崇不竞，合于六经。而《穆王》、《汤问》二篇，迂诞恢诡，非君子之言也。至于《力命篇》，一推分命；《杨子》之篇，唯贵放逸，二义乖背，不似一家之书。然各有所明，亦有可观者。

孝景皇帝时贵黄老术，此书颇行于世。及后遗落，散在民间，未有传者。且多寓言，与庄周相类，故太史公司马迁不为列传。谨第录。臣向昧死上。护左都水使者光禄大夫臣向所校《列子书录》。永始三年八月壬寅上。”

关于这篇著录，柳宗元曾指出它说列子是“郑缪公时人”,是个明显的错误,因为“缪公在孔子前几百岁”。近人马叙伦《列子伪书考》说:“盖列子书出晚而亡早,故不甚称于作者。魏晋以来,好事之徒,聚敛《管子》、《晏子》、《论语》、《山海经》、《墨子》、《庄子》、《尸佼》、《韩非》、《吕氏春秋》、《韩诗外传》、《淮南》、《说苑》、《新序》、《新语》之言,附益晚说,成此八篇,假为向《序》以见重。”则认为这篇著录也是作伪者假托刘向名义制造的伪作。杨伯峻《列子集释·前言》也认为其中说:“至于《力命篇》,一推分命,《杨子》之篇,唯贵放逸,二义乖背,不似一家之书。”颇有“此地无银”的味道了。他的《从汉语史的角度来鉴定中国古籍写作年代的一个实例——列子著述年代考》更从《列子》一书的语词运用特点上来说明它的晚出,但是他们都肯定《列子》原书的存在,只是早已散亡了。事实上,《汉书·艺文志·道家类》已著录“《列子》八卷”,班固注曰:“名圄寇,先庄子,庄子称之。”东汉末高诱《吕氏春秋注》也说他“著书八篇”(《先识览·观世注》)。可见在两汉,《列子》八篇犹存未亡,实有其书。

今存《列子》既然是魏晋人重编的伪书,则其中不可避免地表现出魏晋的思想特点。今天阅读伪书《列子》，也应当注意到这一实际。这里，就老、庄的若干基本理论观念如“道”、“独化”、“齐物论”、“名实观”等，结合《列子》中的观点，予以简要的说明。

一、在“道”为本体的理论上有进一步的阐发。《列子·天瑞篇》在讲到万物的生成时，说道：“有生不生，有化不化，不生者能生生，不化者能化化。”这里，抽象出了“不生者”、“不化者”，来说明支配万物变化的力量。这段话是对《黄帝书》中“谷神”的说明，这同王弼对《老子》中“谷神”的解释是一致的。王弼《老子注》说：“谷神，谷中央无谷也，无形无影，无逆无违，处卑不动，守静不衰。”《列子·天瑞篇》又说：“故有生者，有生生者；有形者，有形形者；有声者，有声声者；有色者，有色色者；有味者，有味味者。”这里，生者、形者、声者、色者、味者是万物，而生生者、形形者、声声者、色色者、味味者就是本体。这本体，《列子》名之为“无”，但是，它已不是《老子》所讲的“无”了。《老子》讲“道生一，一生二，二生三，三生万物”（四十二章），讲“天下万物生于有，有生于无”（四十章），它所讲的“无”，还只是一种概念的预设，而《列子》所讲的“无”，已经变成一种原质了，它无所不能，能够满足事物的一切要求。显然，这样的“道”论受到了魏晋时期由“无”到“有”的哲学本体的转化的影响。甚至可以说，《列子》中所讲的这种无已经就是向秀、郭象他们所说的“有”了。

二、《列子》中的“独化”思想。在《列子·天瑞篇》中，作者还论述道：“自生自化，自形自色，自智自力，自消自息，谓之生化形色智力消息者，非也。”这正是讲事物的自己运动、自己变化。这种独化思想，是魏晋时期的向秀、郭象玄学思想的一个重要特征。郭象《庄子·大宗师注》说：“卓者独化之谓也。夫相因之功，莫若独化之至也。”《齐物论注》：“是以涉有物之域，虽复罔两，未有不独化于玄冥者也。故造物无主，而物各自造，而无所待焉。”《列子》的“命”论也当是受了这种“造物无主”的独化思想的影响，它认为，所谓“命”，就是那种知其然而不知其所以然的东西，它与天无关，没有一个有意志的东西在那里主宰。《力命篇》中写道：“既谓之命，奈何有制之者邪？……自寿自夭，自穷自达，自贵自贱，自富自贫。”

三、《列子》的“齐物论”。齐物论是道家理论中的重要思想，但是，宗承道家思想的魏晋玄学在“齐物”这一理论上表现出与先秦道家不同的思想特征。《庄子》的“齐物论”主要是指事物不分大小长短,没有是非高下,因此万物是齐一的。而魏晋人的“齐物论”则侧重在万物的本性自足上,它承认事物的大小悬殊,但是,事物无论大小,它们都能各尽其分,各足其性,就这一点而言,万物都是齐一的。郭象的《庄子·逍遥游注》:“夫小大虽殊,而放于自得之场,则物任其性,事称其能,各当其分,逍遥一也,岂容胜负于其间哉!”向秀、郭象的《逍遥义》说:“夫大鹏之上九万,尺鷃之起榆枋,小大虽差,备任其性,苟当其分,逍遥一也。”这实际上是不符合《庄子》的“逍遥”原义的,但却符合于魏晋间人的思想。《列子》的《汤问篇》同样表述了这样的观点。殷汤问夏革事物有没有大小长短同异之分,夏革说道:“虽然,形气异也,性钧矣。无相易矣。生皆全已,分皆足已。吾何以识其巨细,何以识其修短,何以识其同异哉!”

四、名实观的新变化。在先秦道家那里,名作为实的从属者,其意义完全被否定,“名者实之宾”(《庄子·逍遥游》),“去名者无忧”(《鬻子》)。而在《列子》当中,“名”的意义则获得了一定程度上的承认,当然,其总的倾向仍是重实轻名。《杨朱篇》曰:

"实无名，名无实，名者，伪而已矣。"是说名本身的虚伪性，有实者无名，有名者无实，像"尧舜伪以天下让许由、善卷，而不失天下，享祚百年；伯夷、叔齐实以孤竹君让而终亡其国，饿死于首阳之山"。对这种现象感到愤慨的本身，就说明了作者对"名"的看重。他在为伯夷、叔齐未得到应有的名声而抱不平，而在以往的道家那里，对伯夷、叔齐一直是以狷介求名而害身相非议的，责难之处正是在他们的求名上，如《庄子·盗跖篇》中就说，伯夷、叔齐"离名轻死"。《列子·杨朱篇》又说："今有名则尊荣，亡名则卑辱。……斯实之所系矣。"对于"名"的作用给予了一点肯定的评价，作者反对的是"守名而累实"，即名不能害实，这是一个原则。在魏晋时代，名学很为流行，这导源于自建安以来的品评人物之风。魏文帝颁布了九品中正制的用人制度，促成了以对人物才性加以品评为主要内容的人物名实学的产生，由此形成的名理派清谈家与玄学派相对立，他们对于"名"给予了充分的注意。刘劭《人物志·效难篇》讲名与实的关系："夫名非实用之不效，故曰名由口进而实从事退。中情之人名不副实用之有效，故名由众退，而实从事章，此草创之常失也。”主张使用有效的实名;《列子·杨朱篇》也提到了“实名”、“伪名”的区分,这种名实观自然是受到了时代风气的影响。

五、承认智巧。《老子》是最反对人用智巧的,《老子·十九章》中说:“绝圣弃智,民利百倍。绝巧弃利,盗贼无有。”而《列子》虽然也反对人使用心机,如《海上之人好沤鸟》一章所言,但并不笼统地反对智巧。如《汤问篇》盛赞偃师的技巧远超公输般和墨翟,又如《说符篇》讲鲁孟氏二子用施氏二子之术求进,不获所愿,反受其殃,认为这是因为孟氏二子不会用智以把握时机的缘故,作者感叹道:“应事无方,属乎智。智苟不足,使若博如孔丘,术如吕尚,焉往而不穷哉!”这反映了作者对在纷纭动荡的局面中人的应变能力——机智的重要性给予了高度注意。对于智与情的肯定,还表现在作者认为它们在人认识道的过程中是具有意义的,《老子》讲“为道日损,损之又损,以至于无为”,把心智看成是认识道的最大障碍,《列子》则看到了人这一独特的认识主体的心智活动能力的重要。人非草木,孰能无情,只是须将此情蓄而不发而已。《仲尼篇》说“道”“亦非有心者所能得远,亦非无心者所能得近,唯默而得之而性成之者得之。知而亡情，能而不为，真知真能也。……聚块也，积尘也，虽无为而非理也。”对人的才情作了肯定。

六、《列子》中的得“道”者形象。先秦道家所说的得“道”之人，多带有神秘的意味。《老子·十五章》：“古之善为道者，微妙玄通，深不可识。夫唯不可识，故强为之容：豫兮若冬涉川，犹兮若畏四邻，俨兮其若客，涣兮其若凌释，敦兮其若朴，旷兮其若谷，混兮其若浊，澹兮其若海，飂兮若无止。”这还算是比较质朴的。到了《庄子》，便成了“独与天地精神往来”的神人形象了。他们神游天地，挥斥八极，虚泊飘渺，俨然不食人间烟火。而到了《列子》这里，得“道”者的形象全然没有了这种高渺情怀，都成了现实中的有“道”之人。其有“道”所指，也是说能够持一不移，专诚于物，以致“用志不分，乃凝于神”，非常具体化了。像《痀偻承蜩》、《津人操舟》等几章，孔子都以为这些人就是有道之人。显然，这已经是非常具体的道了。在《津人操舟》和《神巫季咸》两章中，作者借孔子之口，两次说道“吾与若玩其文也久矣，而未达其实，而固且道与？”说明只通晓“道”的名相而不能与具象结合起来，还不是真正的知“道”。这种对于具体的“道”的重视，与王弼哲学“体用不二”思想的淬砺是分不开的。王弼主张以“无”为体，以“有”为用，体用不分，所以他用“道”来解释名教，由此糅合儒道。

七、《列子》的自然观。道家都是重视自然的，主张人向自然回归。《列子》中对人与自然的关系作了更进一步的论述。《天瑞篇》的《向氏请盗术》一章，作者用一个“盗”字，来说明人对自然的仰仗和自然对人的养育。它的论述是颇有特色的：“吾盗天地之时利，云雨之滂润，山泽之产育，以生吾禾，殖吾稼，筑吾垣，建吾舍。陆盗禽兽，水盗鱼鳖，亡非盗也。”甚至一身之躯也可以说是“盗阴阳之和以成若生，载若形”的结果。这一思想在《舜问道乎丞》一章中讲得更为充分：一身非己所有，“是天地之委形也；生非汝有，是天地之委和也；性命非汝有，是天地之委顺也；孙子非汝有，是天地之委蜕也”。将人的生命视为与大自然息息相通之物。既然同是受禀于自然，那么万物生来平等，大自然造物，初无偏袒。《黄帝篇》里有一章，很有意思，它是说禽兽本来与人同智，只是人不能了解，因为其形貌与人不同，人就不去了解。这里说动物与人智识相同，未免主观夸大，但强调动物与人一样，有其自身的活动规律，同属大自然中的一员，却未必不是一种宽怀与明智。在《说符篇》中，鲍氏之子这样说道："天地与我并生，类也。"上天并未独独垂青于人，施恩于他们，并没有为百姓"殖五谷、生鱼鸟以为之用"，这就是《老子》的"天地不仁，以万物为刍狗"的意思。天道无情，天无意志，这种自然主义的倾向在魏晋时代是很流行的，自始至终，有一脉相传。王弼注《老子》上面这句话时说："天地任自然，无为无造。万物自相治理，故不仁也，仁者必造立施化，有恩有为。造立施化，则物失其真。有恩有为，则物不具存。物不具存，则不足以备载矣。地不为兽生刍而兽食刍，不为人生狗而人食狗，无为于万物而万物各适其所用。"这一段话，可以作为《说符篇》鲍氏之子所言的注脚。

八、《列子》的虚幻思想。《列子》中有虚幻思想，这种思想比较明显是后起的。《列子》中有几处讲到梦。《周穆王篇》有一章讲到老役夫白天做工勤苦，而晚上做梦安逸；其主人白天挥喝人、晚上做梦则为人服苦役，认为这样足以互相补偿，将梦与真同等看待。还有一章讲到有个郑国人获得了一只鹿,以之为梦,讲给路人听,路人因之占有了他的鹿。晚上这个郑国人梦见了自己获鹿的事,又梦见了现在得到鹿的人,于是找上门来索要。二人争执不下,官司告到士师那里,士师指责第一个郑国人以真为梦,以梦为真;还说第二个郑国人听到第一个人讲的话而获得了鹿,可他的妻子却说除了得到鹿是真的,其他都是梦,并不曾有谁先此获得过此鹿。梦真不辨,扑朔迷离。本来,士师的分辨是清楚的,可是作者又借国相之口说,梦与不梦的区分,只有黄帝、孔丘知道。郑君又说,恐怕士师又是在做梦为人分鹿,又将一个真实归为梦境。这样反复颠倒,真伪不辨,藉以表达虚幻思想。《列子》中一个比较新的东西是讲"幻术"。《周穆王篇》讲周穆王神游,是在西方之国化人的"幻术"作用下进行的,只是在一念之间,他便神游清都紫微,耳闻钧天广乐,如入真境。此后,他便真的迷上了周游,以致不再治理国事,后来就有了"周穆王拜见西王母"的神话。《周穆王》篇还有一章讲到"幻术",说老成子向尹文学习"幻术",尹文没有教给他,却教给他一套幻理,他说道:"有生之气,有形之状,尽幻也。"造化所施行的是生死之易,而人所模仿的只是"因形移易”，迹显功拙。他最后告诉老成子：“吾与汝亦幻也，奚须学哉？”这样，连人本身的存在都成了虚幻的东西，那么，“幻术”还用得着学么？这里，尹文讲的这一番话不光再是“幻术”的问题，而是代表了一种思想，即人生虚幻。魏晋时期，当佛教思想在中国得到广泛传播，《列子》中的虚幻思想，当与其有关。佛典言幻为如幻，非谓实无；假号不真，非谓无有。如此则不是无物，而是说物非真物。僧肇寄刘遗民书中有言：“譬如幻化人，非无幻化人，幻化人非真人也。”这种观点影响了《列子》，使之表现出亦真亦幻、如梦如真的思想。《列子》受到佛经的影响，前人已有所见。张湛《列子序》称其书“所明往往与佛经相参”，宋黄震《黄氏日钞》说：“今考辞旨所及，疑于佛氏者凡二章。”

总之，从上述所列大端可见，《列子》一书，固然保持了原书的若干遗义和观念，但是它所表露的魏晋人思想迹象是很明显的。其中真真假假，有明显可辨的，也有混淆难分的。例如在本体论、创世说方面，它的“生生化化”之说，宇宙无穷之见，来自道家自然混沌、有生于无的思想，显出朴素唯物精神，也有辩证思维因素；然而在认识论、实践论方面，却杂取老子无为、庄子齐物、杨朱贵己的理论，更多主观唯心的色彩。尤其是《力命》、《杨朱》两篇，恰属“非一家之书”，实际反映魏晋思想风貌。《力命篇》对于人的智力与命运之间的矛盾关系的论述，反映了魏晋玄学的命题如才、性之辩。著者虽然否定命运取决于神、鬼的传统观念，但也否定了人的努力，而归之于某种不可知的神秘存在，采取了无可奈何的消极顺从态度。《杨朱篇》则画出了魏晋人心目中的杨朱，为门阀的放荡和纵欲制造了理论依据。因此，读者尽可以把它们视为魏晋思想风貌的一种参考资料。

《列子》在文学上的明显特点是，寓言较多，手法较活，语言较精，风格较杂。它的寓言显然受有《庄子》寓言的影响，虚构想象，浪漫夸张，怪诞不经，然而思想鲜明，指向分明。除了《愚公移山》这样故事生动、哲理隽永的著名寓言外，他如《黄帝梦游华胥国》，写黄帝“养一己”和“治万物”都受煎熬而昏昏然，于是梦游华胥国，发现了一个完全自然无为的太平昌盛的理想国家，觉醒之后，“怡然自得”，“天下大治”。它生动简括，而主题明确，华胥国之治的根本在于“其国无师长，自然而已；其民无嗜欲，自然而已”。较之陶渊明的世外桃源，其特点显然不是将人世理想移在世外，而是将人类与万物同化，不是追求人世平等、合理，而是使人类与万物等同，复归自然。它的道家理想十分鲜明。又如《周穆王神游》，它虚构一个魔术师引导周穆王神游神仙世界，导致周穆王遨游八荒，与西王母饮宴瑶池，荒诞逸乐，以至于周穆王自叹“不盈于德而谐于乐”，担心后世责备他的罪过。然而著者却赞道：“穆王几神人哉！能穷当身之乐，犹百年乃徂，世以为登假焉。”它宣扬人生及时行乐的颓废思想情绪，却真实地显露了魏、晋门阀风流的放荡追求，这些固然都不足为训，却有其认识价值。再如其中一些著名成语故事，像俞伯牙、钟子期的“知音”故事，“偃师巧夺天功”故事，“海上之人好沤鸟”故事，“歧路亡羊”故事等等，大多短小有趣，言浅意深，耐人寻味，不无教益。

《列子》各篇大抵以类相从，各章独立成文。由于大部分与先秦诸子所载重出，也有个别章节明显取自汉魏时事，但是很难区别《列子》原书所有与伪书所编，因此各章论述或寓言的结构、表现往往明显从属于议论者与故事主题，没有大体一致的特点，也没有比较统一的风格。其中有的章节如《神巫季咸》基本抄摘《庄子·应帝王》中的文字,《朝三暮四》亦见《庄子·齐物论》;"杨朱过宋"故事见《韩非子·说林上》,"宋人以玉为楮叶"故事见《韩非子·喻老》;"知音"故事并见《吕氏春秋》、《韩诗外传》、《说苑》等书,这类文字基本上保持原书的写作特点与风格。但由于《列子》炮制者也编撰了不少篇章,表现出因事成文的痕迹,如"殷汤问于夏革"的内容题材杂取《山海经》、《庄子》、《淮南子》及汉代纬书,随问作答,因答取材,因材成文,不重结构,表现不一。所以整体看来,它的表现较活,不拘一律;风格较杂,不求一致。但是,既属伪作先秦子书,其行文则力求简约古朴,又明显受有魏晋清谈简炼的影响,因而它的语言相当精练,流畅而不枝蔓,可读可观,可谓别具一格。

《列子》版本较多,注疏自晋张湛注后,各家异说颇众。故译注中遇有错讹异文及通假异体,则在注中说明,出校而不改字,但译文则据订正文字,力求准确通顺,以便阅读。译者水平有限,注译中错讹不妥之处,谨望学者和读者指正。

王丽萍(北京大学中国古文献研究中心)

壶丘子林论生化之理

本章是《天瑞篇》的第一章。这一章主要论述了万物生长变化的根源，解释、发挥《老子》关于万物起源的学说。列子认为，《老子》所谓“谷神”和“玄牝”是“天地之根”，其实是客观存在的一个独立不改、周而复始的某个造化万物的东西，它自身是永恒不生不化的。他指出，所谓自生自灭的自在现象，都是由某个造化万物的东西支配的，其实并不自在，也不自主。

子列子居郑圃[①]，四十年人无识者[②]。国君卿大夫眎之[③]，犹众庶也。

国不足[④]，将嫁于卫[⑤]。弟子曰："先生往无反期[⑥]，弟子敢有所谒[⑦]，先生将何以教？先生不闻壶丘子林之言乎[⑧]？"子列子笑曰："壶子何言哉？虽然，夫子尝语伯昏瞀人[⑨]。吾侧闻之，试以告女[⑩]。其言曰：有生不生，有化不化。不生者能生生，不化者能化化。生者不能不生，化者不能不化，故常生常化。常生常化者，无时不生，无时不化。阴阳尔[⑪]，四时尔，不生者疑独[⑫]，不化者往复。往复，其际不可终；疑独，其道不可穷。《黄帝书》曰[⑬]：谷神不死[⑭]，是谓玄牝[⑮]。玄牝之门，是谓天地之

---

① 郑圃：郑国的圃田，为郑国的一大薮泽。今河南省中牟县西南的丈八沟及附近诸陂湖，都是它的遗迹。 ② 识：了解。 ③ 眎：同"视"，看待的意思。 ④ 不足：指发生饥荒。 ⑤ 嫁：自家而出叫做嫁。《尔雅·释诂》说："嫁，往也。" ⑥ 反：归返。 ⑦ 谒：请求。 ⑧ 壶丘子林：郑国人，列子的老师。 ⑨ 伯昏瞀(mào 冒)人：列子的朋友，与列子同学于壶丘子林。 ⑩ 女：同"汝"，你。 ⑪ 尔：句末语气词。 ⑫ 疑独：独行不待的意思。疑，止于。 ⑬《黄帝书》：战国时期托名黄帝的道家著作。下面引述的是《老子》第六章的内容。 ⑭ 谷神：道家用语，用来指称事物运动变化的内在依据，"谷"代表虚广和幽深。 ⑮ 玄牝：道家用语。形容事物内部所蕴藏的一种生生不已的力量，"玄"指玄妙，"牝"代表母性。

根。绵绵若存①,用之不勤②。故生物者不生,化物者不化。自生自化,自形自色③,自智自力④,自消自息,谓之生化形色智力消息者,非也。”

【翻译】

子列子住在郑国的圃田,住了四十年,人们没有了解他的。国君和卿大夫把他看成和平民百姓一样。

郑国发生了饥荒,他将要离家到卫国去。弟子对他说:“先生这一去,不知什么时候才能回来,我大胆地向您请示,您将怎样来教导我呢?先生不是听过壶丘子林的谈论吗?”列子笑着说:“壶子说过什么啊?虽然这样,夫子曾经教诲过伯昏瞀人,我从旁听到了,试着跟你说说。他是这样说的:能够使生物生长的东西自己不会生长,能够使万物变化的东西自己不会变化。不会生长的东西才能够使万物生长,不会变化的东西才能够使万物变化。生长的东西不能不生长,变化的东西不能不变化,所以永恒地生长、永恒地变化。永恒地生长、永恒地变化是说无时不在生长,无时不在变化。阴阳就这样变化,四季就这样运行,只有那自己不生长的东西独立不

① 绵绵:安静的样子。② 勤:劳,费力。③ 形、色:指具有形状、具有颜色。④ 智、力:指拥有智慧、拥有力气。

改，只有那自己不变化的东西往而复来。往而复来，它的边界不能终止；独立不改，它的道理不可穷尽。《黄帝书》上说：谷神不死，这叫做‘玄牝’、‘玄牝’的出入口，就是所谓天地的根源。它安安静静好像存在，运用起来也不费力。所以使生物生长的东西自身不会生长，使万物变化的东西自身不会变化。看来自己生长，自己变化，自己具有形状，自己具有颜色，自己拥有智慧，自己拥有力气，自己消逝，自己生息，就叫它们为生长、变化，形状、颜色、智慧、力气、消逝、生息等等，是不对的。”

子列子论道

本章是《天瑞篇》的第二章。这一章列子论述了天地万物的产生过程。其间经历了太易、太初、太始、太素四个阶段，又经历了一变而为七、七变而为九、九又变而为一的数变过程。最后论及天地人的产生。这里说的一、七、九数变的问题，出于汉代纬书《周易乾凿度》，内容不太好解说。

子列子曰："昔者圣人因阴阳以统天地①。夫有形者

① 阴阳：中国古代哲学概念。古人用以解释万物化生的根源，凡天地、日月、昼夜、男女以至腑脏、气血都分属阴和阳。

生于无形[1]，则天地安从生？故曰：有太易[2]，有太初，有太始，有太素。太易者，未见气也[3]；太初者，气之始也；太始者，形之始也[4]；太素者，质之始也[5]。气形质具而未相离，故曰浑沦[6]。浑沦者，言万物相浑沦而未相离也。视之不见，听之不闻，循之不得[7]，故曰易也。易无形埒[8]，易变而为一，一变而为七，七变而为九。九变者，究也[9]，乃复变而为一。一者，形变之始也。清轻者上为天，浊重者下为地，冲和气者为人[10]。故天地含精[11]，万物化生。”

【翻译】

子列子说：“古时候圣人根据阴阳之道来统括天地。有形之物是从无形之物中产生的，那么天地是从哪里产生出来的呢？所以说有太易，而后有太初，而后有太始，而后有太素。太易阶段，还看不见气；太初阶段，是气的

---

① 有形、无形：指有形之物、无形之物。 ② 太易：连同下面的太初、太始、太素，是指事物从无到有产生过程中的四个阶段。 ③ 气：中国古代哲学概念，古人以为万物形成、发展、运动的原始物质因素。 ④ 形：外形。 ⑤ 质：内质。 ⑥ 浑沦：指万物产生过程中混而未分、互相包蕴的原始状态。 ⑦ 循：通“揗”，抚摩。 ⑧ 埒（liè 列）：边际。 ⑨ 究：极致。 ⑩ 冲和：指气的一种和适状态。 ⑪ 精：指精气，万物赖以产生的基因。

开始；太始阶段，是形的开始；太素阶段，是质的开始。气、形、质刚刚具备但彼此还未分离，所以叫做浑沦。所谓浑沦，是说万物浑然融合一体而没有分离。视而不可见，听而不可闻，抚摸它又抓不住，所以叫做易。易没有形迹和边际，易变而为一，一变而为七，七变而为九。变达到九的阶段，是终极，就又变回到一。一是形变的开始。清纯轻盈的气上升变为天，浑浊凝重的气下降变为地，冲和之气才变成了人。所以说，天地含有精气，万物得以变化生长。

林类年且百岁

本章是《天瑞篇》第六章。作者通过林类之口，表达了道家对于生和死的看法，他们的人生态度是：悠游时日，超越死生的牵累。这是用一种自然的生死观调节内心，求得宁静。

林类年且百岁①，底春被裘②，拾遗穗于故畦，并歌并进。孔子适卫，望之于野，顾谓弟子曰："彼叟可与言者，试往讯之③！"子贡请行。

逆之垅端④，面之而叹曰："先生曾不悔乎，而行歌拾

① 林类：古代隐士，事迹不详。 ② 底：正当。裘：裘褐，古代一种生毛皮制的粗外衣。 ③ 讯：询问。 ④ 逆：迎。

穗?”林类行不留，歌不辍。子贡叩之不已，乃仰而应曰：“吾何悔邪①?”子贡曰：“先生少不勤行②，长不竞时，老无妻子，死期将至：亦有何乐而拾穗行歌乎?”林类笑曰：“吾之所以为乐，人皆有之，而反以为忧。少不勤行，长不竞时，故能寿若此。老无妻子，死期将至，故能乐若此。”子贡曰：“寿者人之情，死者人之恶，子以死为乐，何也?”林类曰：“死之与生，一往一反。故死于是者，安知不生于彼？故吾安知其不相若矣③。吾又安知营营而求生非惑乎④？亦又安知吾今之死不愈昔之生乎?”

子贡闻之，不喻其意⑤，还以告夫子。夫子曰：“吾知其可与言，果然⑥，然彼得之而不尽者也。”

【翻译】

林类年纪将近百岁，春天里披着生毛皮外衣，在以前耕种的田陇上捡拾剩下的禾穗，一边唱一边往前走。孔子到卫国去，在田野上望见了他，回头对弟子说：“那位老先生是个可以跟他交谈的人，试着去问问他!”子贡

---

① 邪：通“耶”，疑问词，等于“吗”、“呢”之类。 ② 勤：劳苦。 ③ 安：据俞樾《诸子评议》增。不相若：不相象。这句的意思是说，生与死的不相象就象一来一往似的，只是路程方向相反的不同，实质并无差别。 ④ 营营：往复周旋的样子。 ⑤ 喻：明白。 ⑥ 果然：果然这样。

请求前往。

他在田陇的尽头迎上林类，面对他感叹道："先生竟然不后悔么？还这样唱着歌捡拾禾穗？"林类走着不停，歌唱不断。子贡追问他没完没了，林类才仰面回答他说："我有什么后悔的呢？"子贡说："先生您年少时不勤勉操行，长大了不抓紧时间力求进取，到年老了没有妻室，死期将要临近，您有什么乐趣而捡拾禾穗，还边走边唱歌呢？"林类笑着说："我以为乐趣的事，人人都有，但他们却当成忧愁。年少时不勤勉操行，长大了不抓紧时间力求进取，所以能长寿像这般年岁。年老而没有妻室，死期将要临近，所以能快乐像这个样子。"子贡问："长寿是人的常情所欲，死是人的厌恶之事，您却把死当成快乐，这是为什么呢？"林类说："死对于生，一则前往，一则返回。因此在这里死了，怎知在别处不得到生呢？所以我怎能知道它们的不相象呢，我又怎能知道千方百计地求生不是迷惑呢？又怎能知道我现在的死不比过去的生更好呢？"

子贡听了，不明白他说的意思，就回去禀报孔子。孔子说："我知道他是个可以交谈的人，果真是这样，然而他还只是有所得而没有彻底懂得。"

列子贵虚

本章是《天瑞篇》第八章，它提出了贵虚静、弃人为的人生观，主张人们安静不动，空虚无欲，保持天赋自然命运，反对一切求取和给与的行为。

或谓子列子曰："子奚贵虚？"列子曰："虚者无贵也。"

子列子曰："非其名也①，莫如静，莫如虚。静也虚也，得其居矣；取也与也，失其所矣。事之破砀而后有舞仁义者②，弗能复也③。"

---

① 名：相对"实"而言。 ② 砀（huǐ 毁）：损坏。舞：舞弄。 ③ 复：恢复。

【翻译】

有人问子列子："你为什么要以虚为贵呢？"列子说："虚，是说没有什么东西可宝贵的。"

子列子说："要排除名的拘执，没有什么比得上静，没有什么比得上虚。做到静，做到虚，就得到了自身道的处所；要求取，要给与，就失掉了自身的处所。在事物被损坏之后，才会有舞弄仁义的，这是不能使被损坏的事物恢复原状的。"

杞人忧天

本章是《天瑞篇》第十章。“杞人忧天”的故事后来被喻指完全不必要的担忧。但是《列子》此章的原意却是这样的：杞人忧天当然不必要，以天地不坠的道理来晓喻杞人的“晓之者”以及认为天地会坠又来嘲笑“晓之者”的长庐子，同样是各执一偏。《列子》认为：天地的坠与不坠，和生死来去一样，都是彼一也此一也的事情，二者无法相通，因此，人处在一种状态下，就无法获知全面的情况，未坠时不晓得坠时情景，既已坠则无法感受未坠情形，所以，人无法在一种状态下谈论另一状态下的情况，他主张坠与不坠不介于心。

杞国有人忧天地崩坠①、身亡所寄、废寝食者②。又有忧彼之所忧者，因往晓之③，曰："天，积气耳，亡处亡气④。若屈伸呼吸⑤，终日在天中行止，奈何忧崩坠乎？"其人曰："天果积气，日月星宿，不当坠耶？"晓之者曰："日月星宿，亦积气中之有光耀者，只使坠，亦不能有所中伤。"其人曰："奈地坏何？"晓者曰："地积块耳⑥，充塞四虚⑦，亡处亡块。若躇步跐蹈⑧，终日在地上行止，奈何忧其坏？"其人舍然大喜⑨，晓之者亦舍然大喜。

长庐子闻而笑之曰⑩："虹蜺也⑪，云雾也，风雨也，四时也，此积气之成乎天者也。山岳也，河海也，金石也，火木也，此积形之成乎地者也。知积气也，知积块也，奚谓不坏？夫天地，空中之一细物，有中之最巨者。难终难穷，此固然矣；难测难识，此固然矣。忧其坏者，诚为大远⑫；言其不坏者，亦为未是。天地不得不坏，则会归于坏⑬。遇其坏时，奚为不忧哉？"

---

① 杞（qǐ 启）国：古国名，姒姓，相传为周封夏禹后人所建，后被楚国灭亡。 ② 废：停止、废弃。 ③ 晓：告喻，使……明白。 ④ 亡：同"无"。 ⑤ 若：人称代词，你。 ⑥ 块：土块。 ⑦ 四虚：指四方、四野。 ⑧ 躇（chú 除）步跐（cǐ 此）蹈：都是践踏的样子。 ⑨ 舍然：释然，放心的样子。 ⑩ 长庐子：道家人物，楚国人。 ⑪ 虹蜺：相传虹有雌雄之别，颜色鲜亮者为雄，叫做虹；颜色浅淡者为雌，叫做蜺。 ⑫ 大：同"太"。 ⑬ 会：一并，一起。

子列子闻而笑曰:“言天地坏者亦谬,言天地不坏者亦谬。坏与不坏,吾所不能知也。虽然,彼一也[1],此一也。故生不知死,死不知生;来不知去,去不知来。坏与不坏,吾何容心哉[2]?”

【翻译】

杞国有个人耽心天崩地陷,无处安身,为此吃不下饭。又有一个人对他这种耽忧表示耽忧,因而去开导他,说:“天,是积聚的气罢了,没有一处没有气。你弯腰挺身呼吸空气,整天在天里面行动休息,为什么要耽心它塌坏呢?”那个人说:“天果然是积聚的气,那么,日月星辰,不会坠落吗?”开导他的人说:“日月星辰,也只是积聚的气中有光耀的东西,即使坠落,也不会有什么砸伤的。”那个人说:“那么如果地塌陷怎么办呢?”开导的人说:“地是土块的积聚,充满四方,没有一处没有土块。你踏步行走,整天都是在地上行动休息,为什么要耽心它塌陷呢?”那个人放心了,非常高兴,开导他的人也放心了,非常高兴。

长庐子听说了这件事,笑着说:“虹蜺啊,云雾啊,风

① 一:指复归自然的原始状态,即“九变者,……乃复归于一”,参见本书《子列子论道》。 ② 容心:放在心里,关心。

雨啊，四季啊，这是积聚的气在天上形成的。山峰啊，河海啊，金石啊，火木啊，这是积聚的形体在地上形成的。知道它们是积聚的气，知道它们是积聚的土块，怎么说不会坏呢？天地，是宇宙空间的一个微小的物体，是有形物体中最大的。它难以终止，难以穷尽，这是本来如此的了；它难以测量，难以认识，这是本来如此的了。耽心它坏的，确实是太不着边际；然而说它不会坏的，也算不上正确。如果天地不得不损坏，那么终会归于损坏。遇到它们损坏的时候，为什么不耽忧啊？”

子列子听说了这件事，笑着说：“说天地会坏的人也是错误的，说天地不会坏的人也是错误的。坏和不坏，是我们所不能知道的。虽然如此，但是那个坏是归于自然的变化，这个不坏是归于自然的变化。所以活着不知死后的事，死后不知活着的事；来时不知去时的事，去时不知来时的事。坏和不坏，我为什么要放在心里呢！”

舜问道乎丞

本章是《天瑞篇》第十一章。它要人破除占有欲望。它认为，道不可居有，外物不可居有，甚至人自身都不可居有。因为在它看来，人的身体只不过是阴阳之气的凝聚，自己对这一身躯同样是无法占有的，一切都归为自然。

舜问乎丞曰①："道可得而有乎？"曰："汝身非汝有也，汝何得有夫道？"舜曰："吾身非吾有，孰有之哉？"曰："是天地之委形也②。生非汝有，是天地之委和也③。性

① 舜：虞舜，传说中的圣君，当是上古时代的一位部落首领。② 委形：委托的形体。③ 和：指气的聚合。

命非汝有，是天地之委顺也[1]。孙子非汝有[2]，是天地之委蜕也[3]。故行不知所往，处不知所持，食不知所以。天地强阳[4]，气也，又胡可得而有邪？”

【翻译】

舜问丞说：“道可以获得而占有吗？”丞说：“你的身体都不是你的所有，你又怎么能够占有道呢？”舜说：“我的身体不是我自己所有，那么是谁占有它呢？”丞说：“这是天地委托给你的形体。生命不是你所有，这是天地委托给你的聚合的气。性命不是你所有，这是天地委托给你的自然聚散的气。子孙不是你所有，这是天地委托给你的气的蜕化。所以行走不知要到哪里去，居处不知道持守什么，进食不知道要吃什么。天地之间阳气刚强，也都是气，又怎么可以获得而占有呢？”

---

① 顺：指气的自然聚散，聚则生，散则死，自然而然。② 孙子：子孙儿女。一作“子孙”。 ③ 蜕：指气像蝉蜕一样的一种变化，形容人的生殖传代。 ④ 强阳：意思是使阳比阴强。

向氏请盗术

本章是《天瑞篇》第十二章。它把人对自然条件的利用都归为一个“盗”字，这表明了道家崇尚自然的思想。在他们看来，不仅人的生存要“盗取”天时地利，而且人本身就是“盗取”阴阳之和的产物。人无处不在进行“盗取”，与世人所谓的盗窃行为相比，二者的区别仅在于一个是持以公义，一个是出以私心，如此而已。

齐之国氏大富，宋之向氏大贫。自宋之齐，请其术。国氏告之曰：“吾善为盗。始吾为盗也，一年而给①，二年

① 给：供给。

而足，三年大穰[1]。自此以往，施及州闾[2]。”

向氏大喜。喻其为盗之言，而不喻其为盗之道，遂踰垣凿室[3]，手目所及，亡不探也[4]。未及时[5]，以赃获罪[6]，没其先居之财[7]。

向氏以国氏之谬己也[8]，往而怨之。国氏曰：“若为盗若何？”[9]向氏言其状。国氏曰：“嘻！若失为盗之道至此乎[10]？今将告若矣。吾闻天有时[11]，地有利[12]。吾盗天地之时利，云雨之滂润[13]，山泽之产育[14]，以生吾禾，殖吾稼，筑吾垣，建吾舍。陆盗禽兽，水盗鱼鳖[15]，亡非盗也。夫禾稼、土木、禽兽、鱼鳖，皆天之所生，岂吾之所有？然吾盗天而亡殃。夫金玉珍宝，谷帛财货，人之所聚[16]，岂天之所与？若盗之而获罪，孰怨哉？”

向氏大惑，以为国氏之重罔己也[17]，过东郭先生问焉[18]。东郭先生曰：“若一身庸非盗乎[19]？盗阴阳之和以成若生[20]，载若形[21]，况外物而非盗哉？诚然，天地万物

---

① 穰(ráng 让阳平)：丰收。 ② 施：散布。闾：古代以二十五家为闾，泛指乡里。 ③ 垣：墙。 ④ 探：摸取。 ⑤ 时：季节，这里指一季三个月。 ⑥ 赃：盗窃得来的财物。 ⑦ 先居：原来积贮的。 ⑧ 谬：欺误。 ⑨ 前“若”：代词，你。 ⑩ 失：背离。 ⑪ 时：时气。 ⑫ 利：便利。 ⑬ 滂润：涌流润泽。 ⑭ 产育：出产养育。 ⑮ 鳖(biē 憋)：龟属，也叫甲鱼。 ⑯ 聚：聚敛。 ⑰ 重：再一次。罔：欺骗。 ⑱ 过：拜访。 ⑲ 庸：难道。 ⑳ 成：形成。生：生命。 ㉑ 载：负载。形：形体。

不相离也；仞而有之[1]，皆惑也。国氏之盗，公道也，故亡殃[2]；若之盗，私心也，故得罪。有公私者，亦盗也；亡公私者，亦盗也。公公私私，天地之德。知天地之德者，孰为盗耶？孰为不盗耶？”

【翻译】

齐国的国氏非常富有，宋国的向氏非常贫穷。于是向氏从宋国到了齐国，向国氏请教致富之术。国氏告诉他说：“我善于行盗。我开始行盗的时候，一年达到自给，二年达到丰足，三年就大丰收了。从此以后，就开始把财物分施给邻里了。”

向氏非常高兴。他只听懂了国氏行盗的话，却没懂得他行盗的道理，于是他跳墙凿壁，凡是手可以摸到，眼睛可以看到的，无不伸手盗取。不到一个季度，他就因赃物获罪，连原来的财产也没收了。

向氏以为国氏欺骗了自己，就去怪怨他。国氏说：“你是怎么行盗的呢？”向氏说了他自己的情况。国氏说道：“嘻！你丧失行盗的道理，竟然到了这样地步吗？现在我要告诉你了。我听说天有天时，地有地利。我盗取天时地利，云雨泽润，山泽产育，用来生长我的禾苗，繁

① 仞：通“刃”，切割。有：占有。 ② 亡：通“无”。

殖我的庄稼，修造我的墙屋。在陆地盗取飞禽走兽，在水里盗取龟鳖鱼虾，无不是行盗。禾苗庄稼、土地木材，鸟兽鱼鳖，都是上天所生的，哪里是我所有的呢？虽然我盗取天物，但却没有祸殃。那些金玉珍宝，谷物布帛，钱财货币，是人所聚集起来的，哪里是天的赐与？你盗取它而获罪，怨谁啊？"

向氏非常迷惑，以为国氏又在欺骗自己，就去求教东郭先生。东郭先生说："你这身体就不是盗来的吗？盗取阴阳的和气来铸成你的生命，负载你的形体，何况那身外之物，就不是盗来的啊？确实，天地万物是不相分离的，凡是分割而占为己有的，都是迷惑。国氏的盗取，是按公义进行的，所以没有祸殃；而你的盗取，是由私心所致，所以才会获罪。有公私之心，是行盗；没有公私之心，也是行盗。以公为公，以私为私，是天地之德，知道了天地之德，谁是在行盗，谁又不是在行盗呢？"

黄帝梦游华胥国

本章是《黄帝篇》第一章，讲述黄帝梦游华胥国，并受此启发而实行无为而治的故事。黄帝梦中所见的华胥国，其国概无官长，其民无知无欲，一切因顺自然，所以外物不忤，水火不伤，甚至能够行空蹈虚。无为而治，是道家理想中的治世状态。

黄帝即位十有五年①，喜天下戴己②，养正命③，娱

① 黄帝：中国传说中的远古帝王，道家经常假托他发表本学派的观点。② 戴：拥戴。③ 正：当作“生”，通“性”。

耳目，供鼻口①，焦然肌色皯黣②，昏然五情爽惑③。又十有五年，忧天下之不治，竭聪明，进智力④，营百姓⑤，焦然肌色皯黣，昏然五情爽惑。

黄帝乃喟然赞曰⑥："朕之过淫矣⑦。养一己其患如此⑧，治万物其患如此。"于是放万机⑨，舍宫寝⑩，去直侍⑪，徹钟悬⑫，减厨膳，退而间居大庭之馆⑬，斋心服形⑭，三月不亲政事。昼寝而梦，游于华胥氏之国。

华胥氏之国在弇州之西⑮，台州之北⑯，不知斯齐国几千万里⑰，盖非舟车足力之所及，神游而已⑱。其国无师长⑲，自然而已。其民无嗜欲，自然而已。不知乐生⑳，不知恶死，故无夭殇㉑；不知亲己，不知疏物，故无

---

① 供：供养。 ② 焦然：憔悴的样子。皯黣（gǎn méi 赶梅）：面色发黑。 ③ 爽惑：伤败迷惑。 ④ 进：运用。 ⑤ 营：治理。 ⑥ 喟然：叹气的样子。赞：通"叹"，叹息。 ⑦ 淫：通"深"。 ⑧ 患：患害。 ⑨ 放：丢开。机：事端。 ⑩ 寝：宫室。 ⑪ 直：同"值"。侍：侍从。 ⑫ 徹：通"撤"。钟悬：指钟，古钟一般都悬在架子上，故称。这里指音乐。 ⑬ 间：通"闲"。 ⑭ 斋心、服形：道家所用的持养身心的方法。斋心，指清心寡欲。服形，指调适形体。 ⑮ 弇（yǎn 眼）州：神话中地名，在正西方向。 ⑯ 台州：神话中地名，在西北方向。 ⑰ 斯：距离。齐国：指中央之国。 ⑱ 神游：精神漫游。 ⑲ 师长：长官。 ⑳ 乐生：以生为乐。 ㉑ 夭殇（shāng 商）：短命而死。

爱憎；不知背逆①，不知向顺②，故无利害：都无所爱惜，都无所畏忌③。入水不溺④，入火不热。斫挞无伤痛⑤，指擿无痟痒⑥。乘空如履实⑦，寝虚若处床。云雾不硋其视⑧，雷霆不乱其听，美恶不滑其心⑨，山谷不踬其步⑩，神行而已。

黄帝既寤，怡然自得，召天老、力牧、太山稽⑪，告之，曰："朕闲居三月，斋心服形，思有以养身治物之道，弗获其术。疲而睡，所梦若此。今知至道不可以情求矣⑫。朕知之矣！朕得之矣！而不能以告若矣。"

又二十有八年，天下大治，几若华胥氏之国，而帝登假⑬。百姓号之，二百余年不辍⑭。

【翻译】

黄帝即位十五年，对天下人拥戴自己感到很高兴，他缮养性命，注重耳听目视的欢娱，鼻闻口味的供养，憔

---

① 背逆：背离，逃避。② 向顺：趋向，追求。③ 畏忌：畏惧。④ 溺(nì 逆)：陷溺。⑤ 斫挞(tà 踏)：斫，用刀斧砍；挞，用棍棒打。⑥ 擿(zhì 志)：搔，挠。痟(xiāo 消)：头痛。痟痒，指痛痒。⑦ 履：行走。⑧ 硋(ài 碍)：同"碍"。⑨ 滑(gǔ 古)：搅乱。⑩ 踬(zhì 志)：使受挫。⑪ 天老、力牧、太山稽：三人都相传是黄帝的相。⑫ 至道：最高的道。⑬ 登假：指帝王死去。假，通"遐"。⑭ 辍：停止。

悴得肌肤皮色焦黄发黑，昏昏然五情混乱迷惑。又过了十五年，他耽心天下得不到治理，于是竭尽聪明，运用智力，治理百姓，憔悴得肌肤皮色焦黄发黑，昏昏然五情混乱迷惑。

黄帝于是喟然而叹：“我的过错已经很深了。缮养一身竟有这样的祸害，治理天下万物竟有这样的祸害。”于是他丢开所有的事不管，离开宫廷，去掉侍从，撤走钟鼓音乐，减少厨师膳食，退而闲居在宽敞的馆舍，清心修身，三个月不理政事。白天睡觉做了一个梦，梦见在华胥氏的国家游玩。

华胥氏的国家在弇州的西面，台州的北面，不知道它离中原之国有几千万里，大概不是车马人力所能到的，黄帝只是神游罢了。那个国家没有官长，只是顺其自然罢了。那里的老百姓没有嗜欲，只是顺其自然罢了。不知道乐意生，不知道厌恶死，所以没有短命死掉的人；不知道亲爱自己，不知道疏远外物，所以没有爱憎之情；不知道背离什么，也不知道追求什么，所以没有利害观念：全都无所爱惜，全都无所畏惧。到水里不会淹没，到火里不觉得热。刀砍鞭打不会有伤痛，指搔爪挠不感到痛痒。凌空而行如履平地，在虚空中安睡就像睡在床上。云雾不能遮蔽他的视线，雷霆不会惊扰他的听觉，美好和丑恶不会搅乱他的心智。高山狭谷不会绊挡他的脚步,他只是神行罢了。

黄帝醒了之后,怡然自得。他召来天老、力牧、太山稽三位大臣,告诉他们说:“我闲居了三个月,养心修身,想求得养身治物之道,没有获得什么方法。疲乏而睡,就做了个这样的梦。现在我知道那最高的道是不可用纵情去追求的。我知道了!我得到了!却不能把它告诉你们了。”

又过了二十八年,天下大治,几乎就像华胥国一样,而黄帝死去。老百姓号哭不止,达二百多年之久。

列子论御风之道

本章是《黄帝篇》第三章。列子学得御风之道，对问道的尹生讲述了自己的学道过程。由不念是非，到心有是非，再到心无是非。道家追求的这种境界在御风而行的列子身上得到了充分体现。本章旨在表明，所谓列子御风，实际上是一种不分物我、与外物合一的自然混沌状态，是道家复归自然的观念。

列子师老商氏①，友伯高子②，进二子之道③，乘风

① 老商氏：人名，列子的老师。 ② 伯高子：人名，列子的朋友。 ③ 进：掌握。

而归。尹生闻之,从列子居,数月不省舍①。因间请蕲其术者②,十反而十不告③。尹生怼而请辞④,列子又不命。尹生退。数月,意不已,又往从之。

列子曰:“汝何去来之频?”尹生曰:“曩章戴有请于子⑤,子不我告,固有憾于子⑥。今复脱然⑦,是以又来。”列子曰:“曩吾以汝为达⑧,今汝之鄙至此乎?姬⑨!将告汝所学于夫子者矣。自吾之事夫子、友若人也⑩,三年之后,心不敢念是非,口不敢言利害,始得夫子一眄而已⑪。五年之后,心庚念是非⑫,口庚言利害,夫子始一解颜而笑。七年之后,从心之所念⑬,庚无是非;从口之所言,庚无利害,夫子始一引吾并席而坐⑭。九年之后,横心之所念⑮,横口之所言,亦不知我之是非利害欤,亦不知彼之是非利害欤;亦不知夫子之为我师,若人之为我友:内外进矣。而后眼如耳,耳如鼻,鼻如口,无不同也。心凝形释,骨肉都融;不觉形之所倚,足之所履,随

① 省:问候。省舍指回家。② 蕲(qí 齐):通“祈”,求。③ 反:反复。④ 怼(duì 对):怨恨。⑤ 曩(nǎng 囊上声):过去。章戴:这里是尹生自称其名。⑥ 憾:不满,怨恨。⑦ 脱然:想通的样子。⑧ 达:通达。⑨ 姬:通“居”,住下来。⑩ 若人:那人,指伯高子。⑪ 眄(miǎn 免):斜视。⑫ 庚:通“更”,又。⑬ 从:顺从,听从。⑭ 引:援引。⑮ 横:任由、放纵。

风东西，犹木叶干壳。竟不知风乘我邪？我乘风乎？今女居先生之门，曾未浃时①，而怼憾者再三。女之片体将气所不受，汝之一节将地所不载②。履虚乘风，其可几乎③？”尹生甚怍④，屏息良久，不敢复言。

【翻译】

列子拜老商氏为师，与伯高子为友，学得了二人的道术，乘风归来。尹生听说了，就到列子住处跟着学道，几个月不回家。闲暇之时，他向列子请求道术，反复问了十次，而列子十次都没有告诉他。尹生怨恨地请求离去，列子又不发话表态。尹生就走了。几个月过去后，学道的意愿制止不了，于是又去跟从列子。

列子说：“你怎么来去这样频繁？”尹生说：“往日我章戴向你请求道术，你不告诉我，我心里本来对你有怨恨。现在又想通了，因此又来了。”列子说：“过去我认为你是个达观的人，现在你竟然鄙陋到这地步么？住下来，我将告诉你我从夫子那儿学到的。自从我侍奉夫子、与那个人交朋友，三年之后，我心里不敢有是非的念头，嘴里不敢说利害的话，这才得到夫子的一瞥罢了。

① 浃(jiā 夹)：尽、透。 ② 节：肢节。 ③ 几：通“冀”，希望。 ④ 怍(zuò 坐)：惭愧。

五年之后，心里才又有是非的念头，嘴里才又说到利害的话，夫子开始放松脸色笑了一笑。七年之后，任凭心怎么想，不再有是非的念头；任凭嘴怎么说，不再有利害的话，夫子开始带我与他同席坐了一回。九年之后，放任心里的念头，放任嘴里的话，也不知道是我的是非利害，还是他的是非利害；也不知道夫子是我的老师，那个人是我的朋友：从内到外一齐得道了。然后我的眼睛就如同耳朵，耳朵就如同鼻子，鼻子就如同嘴，没有不相同的。内心凝静，身体放松，骨肉都已消融，感觉不到身体有所依傍，脚下有所践履，随风飘向东西，就好像树叶和干枯的皮壳，竟然不知道是风乘我呢，还是我在乘风。现在你处在老师的门下，还没有到一定的时间，却再三地抱怨。你的躯体将不会被气所承受，你的肢节将不会被地所负载，蹈虚凌空，乘风而行，又哪里能希望做到呢？"尹生非常惭愧，他屏息了很久，不敢再说话。

伯昏无人言射

本章是《黄帝篇》第五章。列御寇善射，但还做不到忘掉功利，一心想射中，所以伯昏无人说他于射道还差得远。道家认为"至人"神气不变，即不论在什么样的危困中，都能忘却自己，没有利害，所以不为所动。《庄子》也曾反复表达这一思想。

列御寇为伯昏无人射①，引之盈贯，措杯水其肘上②，发之，镝矢复沓③，方矢复寓④。当是时也，犹象

① 伯昏无人：人名。 ② 措：放置。 ③ 镝（dí 敌）矢：箭。复沓：重沓、连续而至。 ④ 矢：作动词用，指发出箭。寓：放上。

人也①。

伯昏无人曰:“是射之射,非不射之射②。当与汝登高山③,履危石,临百仞之渊,若能射乎?”于是无人遂登高山,履危石,临百仞之渊,背逡巡④,足二分垂在外,揖御寇而进之⑤。御寇伏地,汗流至踵。伯昏无人说:“夫至人者,上窥青天,下潜黄泉,挥斥八极⑥,神气不变。今汝怵然有恂目之志⑦,尔于中道殆矣夫⑧!”

【翻译】

列御寇为伯昏无人表演射术,把弓拉满,将一杯水放在肘上,射出箭去,一支连着一支,这一支刚发出去,另一支又搭上弓弦。在这个时候,他就像个木偶人一样。

伯昏无人说:“这只是有心射箭的射,不是忘掉射箭的射。如果与你登上高山,脚踏危崖,面临几十丈深的深渊,你能射箭吗?”于是伯昏无人就登上高山,脚踩危崖,下临几十丈深的深渊,背转身来,徘徊了一会儿,脚

---

① 象人:木偶人。 ② 不射之射:无心为射之射。 ③ 当:同“倘”,如果。 ④ 逡(qūn 群阴平)巡:徘徊。 ⑤ 揖:拱手相请。 ⑥ 挥斥:奔放。八极:八方极远的地方。 ⑦ 怵(chù 处)然:害怕的样子。恂目:眨眼睛。恂,通“瞬”。 ⑧ 殆:危险,这里是“差得很远”的意思。

有二分悬在外面，拱手请列御寇上来。列御寇趴在地上，冷汗一直流到脚跟。伯昏无人说：“那至人，上探测青天，下潜入黄泉。纵逸于宇宙八荒，神色都不改变。现在你恐惧得直想眨眼睛，你对于射箭之道还差得很远哪。”

商丘开投子华之门

本章是《黄帝篇》第六章。它讲了至诚感物的道理。商丘开所以能够入水火，是因为他真的相信自己的所作所为是完全能够做到这一点，由于他用心非常专一，所以不可思议的事情在他成了非常自然的事。

范氏有子曰子华①，善养私名②，举国服之③。有宠

① 范氏：春秋后期晋国的六大贵族之一。② 私名：私门的名望，指范家的名望。一说，“名”当作“客”，私客即门客，寄食于豪门大户的人。③ 国：国都。服：听命。

于晋君，不仕而居三卿之右[①]。目所偏视[②]，晋国爵之[③]；口所偏肥[④]，晋国黜之。游其庭者侔于朝。子华使其侠客以智鄙相攻，强弱相凌。虽伤破于前，不用介意[⑤]。终日夜以此为戏乐，国殆成俗。

禾生、子伯，范氏之上客，出行，经坰外[⑥]，宿于田更商丘开之舍[⑦]。中夜，禾生、子伯二人相与言子华之名势，能使存者亡，亡者存，富者贫，贫者富。商丘开先窘于饥寒，潜于牖北听之[⑧]。因假粮荷畚之子华之门[⑨]。

子华之门徒皆世族也，缟衣乘轩[⑩]，缓步阔视。顾见商丘开年老力弱，面目黎黑[⑪]，衣冠不检，莫不眲之[⑫]。既而狎侮欺诒[⑬]，攩抋挨抌[⑭]，亡所不为[⑮]。商丘开常无愠容[⑯]，而诸客之技单[⑰]，惫于戏笑。

遂与商丘开俱乘高台[⑱]，于众中漫言曰："有能自投

---

① 三卿：指当时在晋国势力强大的韩、赵、魏三卿。 ② 偏：偏重，侧重。 ③ 爵：赐与爵位。 ④ 肥：通"鄙"，鄙薄。 ⑤ 用：因此。 ⑥ 坰（jiōng 炯阴平）：郊野。 ⑦ 田更："更"当作"叟"，田叟指老农。 ⑧ 牖（yǒu 有）北：朝北面的窗户。 ⑨ 畚（běn 本）：畚箕，草编或竹编的器具，以盛置杂物，装土等。 ⑩ 缟衣：白色的绢衣。轩：古代一种前顶较高而有帷幕的车子，为有身份的人乘坐。 ⑪ 黎黑：面目黝黑。 ⑫ 眲（nè 讷）：轻视。 ⑬ 诒（dài 代）：欺骗。 ⑭ 攩（tǎng 倘）：搥打。抋（bì 必）、挨、抌（dǎn 胆）：推击。 ⑮ 亡：通"无"。 ⑯ 愠（yùn 运）：恼怒。 ⑰ 单：通"殚"，尽。 ⑱ 乘：登。

下者赏百金。”众皆竞应。商丘开以为信然，遂先投下，形若飞鸟，扬于地①，肌骨无砀②。范氏之党以为偶然，未讵怪也③。因复指河曲之淫隈曰④：“彼中有宝珠，泳可得也”商丘开复从而泳之。既出，果得珠焉。众昉同疑⑤。子华昉令豫肉食衣帛之次⑥。

俄而范氏之藏大火⑦，子华曰：“若能入火取锦者，从所得多少赏若。”商丘开往无难色，入火往还，埃不漫，身不焦。范氏之党以为有道，乃共谢之曰⑧：“吾不知子之有道而诞子⑨，吾不知子之神人而辱子。子其愚我也，子其聋我也，子其盲我也，敢问其道。”

商丘开曰：“吾亡道。虽吾之心，亦不知所以。虽然，有一于此，试与子言之。曩子二客之宿吾舍也，闻誉范氏之势，能使存者亡，亡者存；富者贫，贫者富。吾诚之无二心⑩，故不远而来。及来，以子党之言皆实也，唯恐诚之之不至，行之之不及，不知形体之所措，利害之所存也。心一而已。物亡迕者⑪，如斯而已。今昉知子党

① 扬于地：飞飞扬扬地飘下。② 肌(jī 机)：同“肌”。砀(huǐ 悔)：同“毁”。③ 讵(jù 巨)：通“巨”，太，大。④ 淫隈：水特别深的角落。淫，通“深”。⑤ 昉：开始。⑥ 豫：通“与”，加入。次：行列。⑦ 藏：财库。⑧ 谢：谢罪。⑨ 诞：欺骗。⑩ 诚：相信。⑪ 迕：阻碍。

之诞我，我内藏猜虑，外矜观听①，追幸昔日之不焦溺也②，怛然内热③，惕然震悸矣④。水火岂复可近哉？”

自此之后，范氏门徒路遇乞儿马医，弗敢辱也，必下车而揖之。

宰我闻之⑤，以告仲尼。仲尼曰：“汝弗知乎？夫至信之人，可以感物也⑥。动天地，感鬼神，横六合⑦，而无逆者，岂但履危险，入水火而已哉？商丘开信伪物犹不逆，况彼我皆诚哉⑧？小子识之⑨！”

【翻译】

范家有个儿子名叫子华，他善于培育范家私门的名望，全国的人都服从他。他受到晋侯宠爱，虽然没有作官，却位居三卿之上。被他着重注目的人，晋国要为之加官；被他着重贬落的人，晋国就要加以贬黜。在他的门庭奔走的人就象在朝廷一样多。子华让他门下的侠客凭借智力的高下互相攻伐，凭借体力的强弱互相欺凌，虽然在他面前造成伤残，他也不因此放在心上，整天

---

① 矜：顾惜。 ② 追幸：回想起来感到庆幸。 ③ 怛（dá 达）然：惊愕的样子。 ④ 惕然：恐惧的样子。震悸：震惊。 ⑤ 宰我：即宰予，孔子弟子，春秋时鲁国人。 ⑥ 感：感化。 ⑦ 六合：天地四方。即上、下、东、南、西、北。 ⑧ 彼我：指外物与自身。 ⑨ 识：记住。

整夜以此为戏弄娱乐，国中几乎形成风俗。

禾生、子伯，是范氏的上客，一天，他们二人外出，路经野外，投宿在老农商丘开的家。半夜的时候，禾生、子伯二人说起子华的声名威势，能使活着的死去，死去的活起来，富的变得贫困，穷的变得富有。商丘开先前曾被饥寒所窘困，这时他悄悄地在北窗下听了他们的谈话。于是他借了粮食，扛着畚箕，来到子华的门下。

子华的门客都是名门望族，他们穿着白色的绢衣，坐着华丽的车子，缓步而行，昂首而视。看见商丘开年老体弱，面孔黝黑，衣衫不整，无不表示轻蔑。而后便狎弄欺侮，推搡挝打，无所不为。商丘开视为常事一点都不生气，倒是那些人智技穷尽，倦于戏弄他了。

于是他们与商丘开一起登上高台，当众戏言道："有谁自愿跳下去，赏他百金。"众人都争着答应。商丘开以为真是那样，于是先跳了下去，身如飞鸟，飘落到地上，筋骨无伤。范氏的门客们以为是偶然凑巧的事，没觉得太奇怪。于是又指着河湾的深水说："那里面有宝珠，潜下去就能拿到。"商丘开听从他们的话，又潜入到水里。出来之后，果然拿到了宝珠。众人开始感到惊疑。子华开始让他加入到食肉衣帛的行列。

不久范氏的财库发生大火。子华说："如果谁能从火里取出锦缎来，就根据取出的多少赏赐他。"商丘开前去，面无难色。在火中进进出出，灰尘不落到身上，身体不被烧焦。范氏的门客都开始觉得商丘开是个有道之人，于是一同谢罪说："我们不知道您有道而欺骗您，我们不知道您是个神人而侮辱您。您就把我们看成愚人，您就把我们当作聋子，您就把我们当作瞎子，我们大胆地向您请教道术。"

商丘开说："我没有什么道术。即使在我的心里，也不知道为什么会这样。虽说如此，这里还是有一点，试着跟你们说说。过去你们之中的二人在我家住宿，听他们称道范氏的权势，能让活着的死去，死去的活过来，富的变得贫穷，穷的变得富有。我诚心诚意相信这些话，没有两条心，所以才远道而来。等到来了之后，认为你们说的话都是真的，只怕对诚心不够，对它奉行不到家，也就不知道身体在做什么，不知道利害在哪里。只是一心一意罢了。外物没有造成阻碍的，不过像这样罢了。现在才知道你们这些人在欺骗我，我心里怀有疑虑，对外视听专意，回想过去侥幸得以不被烧焦淹没，吓得心里发热，惊得震动颤抖了。水火哪里敢再接近呢？"

从此以后，范氏的门客在路上遇见乞儿马医，也不敢再行侮辱了，一定要下车揖拜他们。

宰我听说了此事，告诉给仲尼。仲尼说：“你不知道吗？至诚的人，是可以感化外物的。惊动天地，感化鬼神，横行天下，也不会遇到阻碍，哪里只是能蹈入危险之地，仅仅不避水火啊？商丘开相信假的东西都不会遇到阻碍，更何况物我都是真的呢？小子可要记住！”

梁鸯饲虎

本章是《黄帝篇》第七章。它是讲人与外物相处要因顺自然的道理。不干预、不违反事物自身的性情，使它们始终保持自然状态，就能与外物和谐相处。虽猛虎亦然。

周宣王之牧正有役人梁鸯者①，能养野禽兽，委食于园庭之内②，虽虎狼鹛鹗之类③，无不柔驯者。雄雌在前，孳尾成群④，异类杂居，不相搏噬也。王虑其术终于

---

① 周宣王：西周国王，名靖，周厉王之子。公元前828—前782年在位。牧正：古代掌管畜牧的官。② 委食：投食饲养。③ 鹗：一种凶猛的鸟，属雕类。④ 孳尾：动物交尾繁殖。

其身，令毛丘园传之。

梁鸯曰："鸯，贱役也，何术以告尔？惧王之谓隐于尔也①，且一言我养虎之法。凡顺之则喜，逆之则怒，此有血气者之性也。然喜怒岂妄发哉？皆逆之所犯也。夫食虎者，不敢以生物与之②，为其杀之之怒也；不敢以全物与之，为其碎之之怒也。时其饥饱③，达其怒心④。虎之与人异类，而媚养己者，顺也，故其杀之⑤，逆也。然则吾岂敢逆之使怒哉？亦不顺之使喜也。夫喜之复也必怒⑥，怒之复也常喜，皆不中也⑦。今吾心无逆顺者也，则鸟兽之视吾，犹其侪也⑧。故游吾园者，不思高林旷泽⑨；寝吾庭者，不愿深山幽谷，理使然也。"

【翻译】

周宣王的牧正有个役人叫梁鸯，他会驯养野生的禽兽，他在庭园中饲养动物，即使像虎狼鹏鹗这样凶猛的禽兽，也都饲养得服服帖帖。上代的一雄一雌，交配生下一大群。不同种类的动物杂居在一起，从不互相咬斗。宣王担心梁鸯的饲养方法到他死时传不下来，就让

---

① 隐：隐瞒。② 生物：活的东西。③ 时其饥饱：在它饥饿和吃饱的时候。④ 达：疏导。⑤ 杀：伤害生物。⑥ 复：回复。⑦ 中：适中。⑧ 侪：同类。⑨ 旷泽：大泽，"旷"通"广"。

毛丘园去继承他。

梁鸯说："我梁鸯是个卑贱的役人，有什么方术可告诉你的？我害怕王说我对你隐瞒，就姑且说说我养虎的方法。大凡顺从它就高兴，拂逆它就发怒，这是有血气的东西的禀性。那么喜怒之情难道是无缘无故所产生的吗？这都是因为拂逆它们而造成的。给虎喂食，不敢把活的东西给它，害怕他因搏杀而发怒；不敢把整个的东西给它，害怕它因撕碎而发怒。看准它饥饿和吃饱之时，疏通引导它要发怒的心情。虎与人不同类，然而对喂养自己的人亲昵，这是因为顺从了它；所以它杀害喂养它的人，是因为拂逆了它。那么我哪敢拂逆它使它发怒啊？也不顺从它而使它高兴。当它高兴而发生反复时，一定会发怒；当它发怒而发生反复时，常常高兴，都因失去了中和。现在我心里没有故意拂逆和顺纵的想法，那么鸟兽看待我，就像它们同类一样。所以在我的园林中飞游的，不想念高林大泽；在我的园庭中安卧的，不向往深山幽谷，就是这个道理使它们这样的。"

津人操舟

本章是《黄帝篇》第八章。孔子借津人说的操舟如神的道理，阐述技巧的出神入化，根本原因在于不为外物所牵，要忘掉外物。否则，即使掌握技巧，也会变得笨拙。

颜回问乎仲尼曰①："吾尝济乎觞深之渊矣②，津人操舟若神。吾问焉，曰：'操舟可学邪？'曰：'可；能游者可教也，善游者数能③。乃若夫没人④，则未尝见舟而谡操之者也⑤。'吾问焉，而不告。敢问何谓也？"

---

① 颜回：孔子弟子，以德行著称。春秋时鲁国人。② 济：渡。觞深：深潭名，地在宋国。③ 数：通"速"，很快。④ 没人：能潜水之人。⑤ 谡(sù速)：起来。

仲尼曰："讶[1]！吾与若玩其文也久矣，而未达其实，而固且道与[2]。能游者可教也，轻水也；善游者之数能也，忘水也。乃若夫没人之未尝见舟也，而谡操之也，彼视渊若陵，视舟之覆犹其车却也[3]。覆却，万物方陈乎前[4]，而不得入其舍[5]，恶往而不暇[6]？以瓦抠者巧[7]，以钩抠者惮[8]，以黄金抠者惛[9]。巧一也，而有所矜，则重外也。凡重外者拙内。"

【翻译】

颜回问仲尼说："我曾经渡过觞深之渊，见到撑船的人操舟如神。我问他：'撑船可以学吗？'他说：'可以；会游泳的人可以教会，擅长游泳的人很快就能学会。至于会潜水的人，不曾见过船便能起而操作它。'我问他这是为什么，他不告诉我，我大胆地请教您这是怎么回事？"

仲尼说："噫！我和你琢磨文词已经很久了，然而不曾接触到实际，姑且给你说说。如今会游泳的人可以教

---

① 讶：发语词，通"噫"。 ② 固且：通"姑且"。道：阐述，说明。 ③ 覆：倾覆。却：退却，指车子上山时的退却。 ④ 方：并，全都。 ⑤ 舍：喻指心。这句意思是说，不放在心里，无所谓。 ⑥ 暇：悠闲自如。 ⑦ 抠：古代的一种博戏。玩者将东西藏握在手中让对方摸取。 ⑧ 钩：带钩，一般用银或铜制成。 ⑨ 惛：神志不清。

会，这是因为他轻视水；擅长游泳的人很快就能学会，这是因为他能忘掉水。至于会潜水的人不曾见过船，便能起而操作它，因为他把深渊看得跟山陵一样，把船的倾覆看作跟车在山上行时向后退一样。倾覆退却，万物全都在他眼前，但都不能进入他的心里，这样他到哪里不会闲适自如？用瓦块来藏抠的人会很巧妙，用带钩来藏抠的人就有些害怕，用黄金来藏抠的人就神志不清了。藏抠的巧妙是一样的，而有所看重，就是看重外物。凡是看重身外之物的，内心就笨拙。”

痀偻承蜩

本章是《黄帝篇》第十章，这是一个很有名的故事。它说明做事须聚精会神，用志不分，专注于你眼下所做的，这是最重要的。这样定会成功。

仲尼适楚，出于林中，见痀偻者承蜩①，犹掇之也②。仲尼曰："子巧乎！有道邪？"

曰："我有道也。五六月，累垸二而不坠③，则失者锱铢；累三而不坠，则失者十一，累五而不坠，犹掇之也。

---

① 痀偻（jū lóu 拘楼）：驼背。承：用竿捉取。蜩（tiáo 条）：蝉的别名。 ② 掇：采掇。 ③ 垸：通"丸"，泥丸。

吾处也，若橛株驹①；吾执臂若槁木之枝。虽天地之大，万物之多，而唯蜩翼之知。吾不反不侧，不以万物易蜩之翼，何为而不得？”

孔子顾谓弟子曰：“用志不分，乃疑于神②。其痀偻丈人之谓乎！”丈人曰：“汝逢衣徒也③，亦何知问是乎？修汝所以④，而后载言其上。”

【翻译】

仲尼到楚国去，从一片树林出来，看见一个驼背的人在那里用竿捉蝉，就好像在拾取一样。仲尼说：“你可真精巧啊！有什么道术吗？”

那人说：“我有道术。经过五六个月，我在竿上摞起两颗弹丸而不坠落，那么捉蝉时失手的时候就很少了；摞起三颗弹丸而不坠落，那么失手的时候就只有十分之一了；摞起五颗弹丸而不坠落，那么就像拾取一样了。我站立着，身体就好像断树根一样；我伸出手臂，就像枯树枝一样。虽然天地广大，万物繁多，我只看见蝉的翅膀。我不回头，不旁观，什么都不能代替我对蝉的翅膀

① 橛(jué 决)：树木的残根。株驹：枯树根。 ② 疑：通“拟”，相似。 ③ 逢衣：宽大的衣服，为古代儒生的服饰。 ④ 修：修洁，清除。

的注意，这样怎么会捉不到蝉呢？”

孔子回头对弟子说：“用心志不分散，就可以与神相似。说的就是这位驼背老翁吧！”老翁说：“你们是宽衣博带之徒，又哪里知道问这个呢？修洁你们的所为，然后把我的话写在上面。”

海上之人好沤鸟

本章是《黄帝篇》第十一章。它说明，人须去掉机心智巧，才能与外物和谐相处。它认为，与无为相比，人的机巧是很浅薄的。

海上之人有好沤鸟者①，每旦之海上②，从沤鸟游，沤鸟之至者百住而不止③。其父曰："吾闻沤鸟皆从汝游，汝取来，吾玩之。"明旦之海上，沤鸟舞而不下也。故曰：至言去言，至为无为。齐智之所知，则浅矣。

---

① 沤鸟：海鸥，"沤"通"鸥"。 ② 之：往，到。 ③ 住：当作"数"。

【翻译】

海边上有个人喜欢海鸥，他每天早晨都到海边上去，与海鸥游玩，到他身边来的海鸥超过百只。他的父亲说：“我听说海鸥都跟你在一起游玩，你捉一只来，让我玩玩。”第二天早晨这个人来到海边，海鸥却飞翔着不再飞下。所以说：最好的语言要去掉语言，最好的行为要没有作为。限于人的智巧所知，就浅薄了。

神巫季咸

本章是《黄帝篇》第十三章。它录自《庄子·应帝王》,文字基本相同。《庄子》本意是用壶丘子破除季咸相术的故事,说明列子从中觉悟了“以虚为贵”的道理,并且身体力行。这里则主要通过壶丘子对季咸的嘲弄,说明相术的不可靠。启发列子觉悟得道的根本途径在于自身的努力,要自己把握自己,达到形神分离,形主于世,神离外物。

有神巫自齐来处于郑,命曰季咸①,知人死生、存亡、

① 命:命名。

祸福、寿夭,期以岁、月、旬、日①,如神。郑人见之,皆避而走。列子见之而心醉,而归以告壶丘子,曰:“始吾以夫子之道为至矣,则又有至焉者矣。”

壶子曰:“吾与女无其文②,未既其实③,而固得道与④?众雌而无雄,而又奚卵焉⑤?而以道与世抗⑥,必信矣⑦。夫故使人得而相汝⑧。尝试与来,以予示之。”

明日,列子与之见壶子。出而谓列子曰:“譆⑨!子之先生死矣,弗活矣,不可以旬数矣。吾见怪焉⑩,见湿灰焉⑪。”列子入,涕泣沾衿⑫,以告壶子。壶子曰:“向吾示之以地文⑬,罪乎不诋不止⑭,是殆见吾杜德几也⑮。尝又与来!”

明日,又与之见壶子。出而谓列子曰:“幸矣,子之先生遇我也,有瘳矣⑯。灰然有生矣⑰,吾见杜权矣⑱。”列

---

① 期:期限。 ② 无:当作“毋”,“毋”为“贯”的古字,习惯。文:文辞。 ③ 既:本义是尽。这里指达到。 ④ 而:通“尔”,你。 ⑤ 卵:指卵育繁殖。 ⑥ 以道与世抗:拿道与世俗相抗。 ⑦ 信:通“伸”,呈露。 ⑧ 相:相面。 ⑨ 譆:同“嘻”。 ⑩ 怪:指怪异的征兆。 ⑪ 湿灰:湿灰之气。湿灰不能复燃,比喻壶子不能复生。 ⑫ 衿:同“襟”,衣襟。 ⑬ 地文:土地的纹理。形容壶子的神气凝重如地貌。 ⑭ 罪:当作“萌”,萌动,指壶子生机未发的状态。诋(zhèn震):震动。 ⑮ 杜:堵塞。德:指生意。几:机兆。 ⑯ 瘳(chōu抽):病好。 ⑰ 灰然:本作“全然”。 ⑱ 杜权:生机堵塞之后的转机。

子入告壶子。壶子曰："向吾示之以天壤[①]，名实不入[②]，而机发于踵[③]，此为杜权。是殆见吾善者几也[④]。尝又与来！"

明日，又与之见壶子。出而谓列子曰："子之先生坐不斋[⑤]，吾无得而相焉。诚斋，将且复相之。"列子入告壶子。壶子曰："向吾示之以太冲莫眹[⑥]，是殆见吾衡气几也[⑦]。鲵旋之潘为渊[⑧]，止水之潘为渊，流水之潘为渊，滥水之潘为渊[⑨]，沃水之潘为渊[⑩]，氿水之潘为渊[⑪]，雍水之潘为渊[⑫]，汧水之潘为渊[⑬]，肥水之潘为渊[⑭]，是为九渊焉。尝又与来！"

明日，又与之见壶子。立未定，自失而走。壶子曰："追之！"列子追之而不及，反以报壶子，曰："已灭矣[⑮]，已

---

① 天壤：形容柔和的外貌。壤，柔土。 ② 名实不入：名誉和实利都不能侵入。 ③ 机发于踵：生机从脚后跟生发出来。 ④ 善者几：即生机。 ⑤ 斋：通"齐"，"不斋"指形体神气不确定，随意而动。 ⑥ 太冲：极度虚静凝和。冲，空虚。莫眹（zhèn 振）：没有固定的迹象。眹，通"朕"，形迹。 ⑦ 衡气：平衡体内之气。 ⑧ 鲵（nǐ 尼）：雌鲸。潘（pán 盘）：水旋流。 ⑨ 滥水：泛涌的水。 ⑩ 沃水：从上面浇注下来的水流。 ⑪ 氿（guǐ 轨）水：从旁流出的水泉。 ⑫ 雍水：泛滥又被雍塞的水流。 ⑬ 汧（qiān 千）水：积聚不流的水。 ⑭ 肥水：同源而分流的水。 ⑮ 灭：不见踪影。

失矣，吾不及也。”壶子曰：“向吾示之以未始出吾宗①。吾与之虚而猗移②，不知其谁何③，因以为茅靡④，因以为波流⑤，故逃也。”

然后列子自以为未始学而归，三年不出，为其妻爨⑥，食豨如食人⑦，于事无亲，雕琢复朴⑧，块然独以其形立⑨，纷然而封戎⑩，壹以是终⑪。

【翻译】

有一位神巫从齐国来到郑国，名叫季咸。他知道人的生死、存亡、寿夭、祸福，断定年、月、旬、日的期限，都应验如神。郑国人见了他，都避开他逃走。列子见了他，却为之心醉神迷，回来把这告诉壶丘子说：“原来我以为您的道术是最高的了，这就又有更高的了。”

---

① 未始出吾宗：指自身精神天地与混而未分的境界，此时自身尚未显露。宗，本源，即“道”。 ② 虚而猗移：不用心虑，随物变化。猗移，通“委蛇”，非常随顺的样子。 ③ 不知其谁何：不知道自己是谁。 ④ 茅靡：如茅草随风而倒。 ⑤ 波流：如波涛逐水而流。 ⑥ 爨（cuān 窜）：烧饭。 ⑦ 食：喂养。豨（xí 习）：大猪。“食豨如食人”指列子不再将人与动物区别开来。 ⑧ 雕：刻镂。琢（zhuàn 掾）：玉器上雕刻的凸纹。朴：质朴。 ⑨ 块然：孤独的样子。 ⑩ 份（fēn 分）：纷乱的样子。封戎：指将内心封住，与外界隔绝。“戎”当作“哉”。 ⑪ 壹：专一于此。

壶子说："我和你习惯了那些文辞，却还没把握那实际。你本来已得道了吗？群雌而无雄，你又怎么生蛋呢？你用道与世俗相抗衡，必定会显露内心的真情。所以让人家看到你的真相。你试着与他一起来，把我的相貌给他看看。"

第二天，列子和季咸一起来见壶子。出来后，季咸对列子说："嘻！你的先生快要死了，不能活了，过不了十来天了。我看见了怪异的征兆，见到了湿灰的气色。"列子进了门，泪流沾襟，将这番话告诉了壶子。壶子说："刚才我向他显示的是地的文脉，气息萌发，不振长，也不止息。这大概是看见了我堵塞生机的机兆。再试着与他来一次。"

第二天，列子又与他一道来见壶子。他出来后对列子说："真幸运，你的先生遇到了我，他的病好啦。整个人都有了生气，我看见生机闭塞之后的转机了。"列子进去告诉了壶子。壶子说："刚才我向他显示天壤之貌，名义和实质都不侵入内心，生机从脚后跟生发出来，这叫做闭塞之后的转机。这大概是看到了我的生机。再试着与他来一次。"

第二天，又与他一道来见壶子。出来后，他对列子说："你的先生坐在那里，形神不定，我无法给他看相。试试让他坐定了，我再来给他看相。"列子进去告诉壶子。壶子说:“刚才我向他显示冲虚无迹,这大概是看到了我平衡体内之气的机兆。鲵鲸翻腾带动水旋流为深潭,静止的水旋流为深潭,流动的水旋流为深潭,泛涌的水旋流为深潭,从上面浇注下来的水旋流为深潭,从旁边涌出的泉水旋流为深潭,决口之后又被壅塞的水旋流为深潭,积止的水旋流为深潭,分道流出的水旋流为深潭,这是九渊。再试着与他来一次。”

第二天,又与他一道来见壶子。季咸还没站稳,就惊慌失色地逃走了。壶子说:“去追他!”列子追他没有追上,回来报告壶子,说:“他已不见影子了,已经跑掉了,我追赶不上。”壶子说:“刚才我向他显示尚未离开我的根本的样子,我给他显示空虚而随物宛转的样子,不知道自己是谁,因而他以为像茅草那样随风而倒,因而他以为像波涛那样逐水而流,所以他逃跑了。”

自此之后,列子自认为还没有学习过什么,就回家了,他三年不出门,为他的妻子烧饭,喂猪就如同在给人进食一样,对于任何事情都不执着,去琢返朴,块然独处,只以自己的形体存于世,外界虽然纷乱,内心却有封界,专一不变,以此终了。

杨朱南之沛

本章是《黄帝篇》第十五章。它通过老子对杨朱的教诲，和来回旅途所住客店待他的不同态度，说明道家谦卑处下的思想主张。

杨朱南之沛①，老聃西游于秦②，邀于郊③。至梁而遇老子④。老子中道仰天而叹曰："始以汝为可教，今不

① 杨朱：战国初期思想家，魏国人，主张"贵生重己"、"全性保真"。沛：沛邑，在今江苏省沛县东。 ② 老聃：相传即老子，为春秋时期的重要思想家，道家创始人。其学说内容主要见于《老子》一书。 ③ 邀：迎候。 ④ 梁：即大梁，战国时魏国首都，今河南省开封市。

可教也。”杨朱不答。至舍①，进涫漱巾栉②，脱履户外，膝行而前，曰：“向者夫子仰天而叹曰：‘始以汝为可教，今不可教。’弟子欲请夫子辞，行不间③，是以不敢。今夫子间矣，请问其过。”老子曰：“而睢睢而盱盱④，而谁与居⑤？大白若辱⑥，盛德若不足⑦。”杨朱蹵然变容曰⑧：“敬闻命矣。”其往也，舍迎将家⑨，公执席，妻执巾栉，舍者避席⑩，炀者避灶⑪。其反也，舍者与之争席矣。

【翻译】

杨朱南到沛邑，老聃西游秦国，杨朱在野外迎候他，到了大梁与他相遇。老子在半路上仰天叹息道：“原来我以为你可受教育，现在看来你是不可教育了。”杨朱没有答话。到了客舍，他去给老子进奉洗漱用具，把鞋子脱在门口，跪着走到老子面前，说：“刚才您仰天叹息着说：‘原来我以为你可受教育，现在看来是不可教育了。’

---

① 舍：客舍，旅店。 ② 涫（guàn 贯）：通“盥”，盥洗。这里指用来洗手脸的水。栉（zhì 至）：梳子。 ③ 间：通“闲”，空闲。 ④ 前“而”：通“尔”，你。下句“而”同。睢睢（huī 灰）：仰目而视的样子。盱盱（xū 须）：张目直视的样子。 ⑤ 居：相处。 ⑥ 大白：最为洁白。 ⑦ 盛德：指道德高深。上两句见于《老子》第四十一章。 ⑧ 蹵（cù 促）然：恭敬的样子。 ⑨ 家：指客舍。 ⑩ 舍者：指客居的人。 ⑪ 炀（yàng 样）者：指烤火的人。炀，烘烤。

我想请您再作指教，正赶上行路不得空闲，所以我没敢。现在您有空了，我来向您请教我的过错。”老子说：“你高视阔步，目中无人，你又能同谁在一起居处呢？洁白之极却像是受到了脏累，品德高深却像是自己于德不足。”杨朱听了，肃然起敬，脸色为之一变，说：“我敬听您的教诲了。”他过去到客舍的时候，客舍的主人把他迎进门，男人拿着席子恭候，女人拿着洗沐用具待命，客人都离开席子让座，烤火的人都离开灶旁。等到他回来又到客舍的时候，客舍的人都与他争座席了。

杨朱过宋

本章是《黄帝篇》第十六章。它说明善自矜伐是无德的表现，所谓自美者不美，自恶者不恶，就是说人的自我意识是不可取的。道家主张“无己”，就是要人去掉自是之心，这样道德才会完美。

杨朱过宋，东之于逆旅①。逆旅人有妾二人，其一人美，其一人恶②，恶者贵而美者贱。杨子问其故。逆旅小子对曰③：“其美者自美，吾不知其美也；其恶者自恶，吾

① 逆旅：旅馆。 ② 恶：丑。 ③ 逆旅小子：即上文的“逆旅人”，“小子”是长辈对晚辈的称呼。

不知其恶也。”杨子曰：“弟子记之！行贤而去自贤之行，安往而不爱哉？”

【翻译】

杨朱经过宋国，向东来到一家旅店、旅店的主人有两个妾，其中一个长得美，一个长得丑。长得丑的尊贵而长得美的卑贱，杨子问其中的原由。旅店主人说：“那长得美的自以为美，我却不知道她美；长得丑的自以为丑，我却不知道她丑。”杨朱说：“弟子们记着，行有贤德却不自以为贤，到哪里不被爱戴呢？”

常胜之道曰柔

本章是《黄帝篇》第十七章。它是在总结前人“柔能克刚”的思想，由上古之言到粥子所记，都是这一主旨，最后殿以道家先驱老子的话，更是点明了这一思想的直接来源。

天下有常胜之道，有不常胜之道①。常胜之道曰柔，常不胜之道曰强。二者亦知②，而人未知。故上古之言：强，先不己若者；柔，先出于己者。先不己若者，至于若己，则殆矣；先出于己者，亡所殆矣。以此胜一身若徒③，

① 不常胜：当作“常不胜”。 ② 亦：当作“易”。 ③ 胜：战胜。一身：一个人。徒：徒手，比喻很容易做到，不费气力。

以此任天下若徒，谓不胜而自胜，不任而自任也。

鬻子曰[①]：“欲刚，必以柔守之；欲强，必以弱得之。积于柔必刚，积于弱必强。观其所积，以知祸福之乡[②]。强胜不若己，至于若己者刚[③]；柔胜出于己者[④]，其力不可量。”

老聃曰[⑤]：“兵强则灭，木强则折。柔弱者生之徒[⑥]，坚强者死之徒。”

【翻译】

天下有常常能够取胜的道，有常常不能取胜的道。常常能够取胜的道叫做柔，常常不能取胜的道叫做强。这二者很容易了解，可是人们却还不知道。所以，上古的言论：强，是处于不如自己的人的前面；柔，是处在超过自己的人的前面。处在不如自己者之前，遇到和自己一样的，就有危险了。处在超过自己者之前，就没有什么危险了。用这个道理战胜个人就像徒手一样容易，用这个道理担当天下的任务就像徒手一样容易，这是说不去战胜而自然取胜，不去担任而自然胜任。

---

① 鬻子：即“鬻熊”，相传为楚国的祖先，曾为周文王师。今有《鬻子》一卷，为后人伪托。 ② 乡：通“向”，趋向。 ③ 刚：当作“戕”，挫折。 ④ 出：超出。 ⑤ 老聃曰：此引《老子》七十六章之语。 ⑥ 徒：同伙。

粥子说："想要刚，一定要用柔来守护；想要强，一定要用弱来保持。积累柔必然能刚，积累弱必然能强。看一个人所积累的，就知道他会遇到祸还是福了。强能够战胜不如自己的，遇到与自己力量相同的就会受挫；柔则能够战胜超过自己的，它的力量是不可限量的。"

老聃说："兵力太强就会被消灭，树太坚硬就容易折断。柔弱是生的伙伴，刚硬则是死的同伙。"

禽兽同人

本章是《黄帝篇》第十八章，它是讲动物与人的形貌虽然差异，但却有着可相仿佛的心智，人应该以更深刻的目光来省察，以更宽厚的心怀来对待同属于大自然的其他成员，并且要求将人与动物置于同样的标准下，即心智分善恶来评判。作者以上古社会人与动物友好相处为例来说明这一点，把属于图腾性质的神话还原为关于真实的动物的故事。此虽属一家之言，其重视动物、热爱自然的思想主张却是鲜明的，而且是富有意义的。从思想来源上讲，这一主张是道家“齐物”理论的体现。

状不必童而智童[1]，智不必童而状童。圣人取童智而遗童状，众人近童状而疏童智。状与我童者，近而爱之；状与我异者，疏而畏之。有七尺之骸[2]，手足之异，戴发含齿[3]，倚而趣者[4]，谓之人；而人未必无兽心。虽有兽心，以状而见亲矣。傅翼戴角[5]，分牙布爪[6]，仰飞伏走，谓之禽兽；而禽兽未必无人心。虽有人心，以状而见疏矣。庖牺氏[7]、女娲氏[8]、神农氏[9]、夏后氏[10]，蛇身人面，牛首虎鼻：此有非人之状，而有大圣之德。夏桀[11]、殷纣[12]、鲁桓[13]、楚穆[14]，状貌七窍，皆同于人，而有禽兽之心。而众人守一状以求至智，未可几也[15]。

① 童：通“同”。 ② 骸：形骸、身体。 ③ 戴：顶戴。 ④ 倚而趣：倚，倚靠，直立；趣，快步行走。 ⑤ 傅：辅加。 ⑥ 分牙布爪：牙齿分开，脚爪伸张。 ⑦ 庖牺氏：传说中的远古帝王，人类始祖。相传他创制八卦，又教民捕鱼、蓄养牲畜。 ⑧ 女娲氏：传说中的人类女始祖，相传她抟土造人，炼石补天。 ⑨ 神农氏：传说中的远古帝王，相传他教民耒耜以兴农业，又遍尝百草以疗疾病。 ⑩ 夏后氏：指夏朝的创立者禹，他创建了中国历史上第一个朝代。 ⑪ 夏桀：夏朝的末代皇帝，以残暴著称，后为商汤所灭。 ⑫ 殷纣：殷朝末代暴君，后被周武王所灭。 ⑬ 鲁桓：即鲁桓公，春秋时鲁国国君，曾谋杀其兄鲁隐公。 ⑭ 楚穆：即楚穆王，春秋时楚国国君，生性残忍，逼死其父楚成王。 ⑮ 几：几微，知识深刻的预见。

黄帝与炎帝战于阪泉之野①，帅熊、罴、狼、豹、貙②、虎为前驱，鵰、鹖③、鹰、鸢为旗帜④，此以力使禽兽者也。尧使夔典乐⑤，击石拊石⑥，百兽率舞；箫韶九成⑦，凤皇来仪⑧，此以声致禽兽者也。然则禽兽之心，何为异人？形音与人异，而不知接之之道焉⑨。圣人无所不知，无所不通，故得引而使之焉。

禽兽之智有自然与人童者，其齐欲摄生⑩，亦不假智于人也⑪。牝牡相偶⑫，母子相亲；避平依险，违寒就温；居则有群，行则有列；小者居内，壮者居外；饮则相携，食则鸣群。太古之时，则与人同处，与人并行。帝王之时，始惊骇散乱矣。逮于末世，隐伏逃窜，以避患害。今东

---

① 黄帝、炎帝：古史记载中的两位帝王，当是两位部落首领，黄帝为姬姓部落，炎帝为姜姓部落，黄炎在阪泉争战，最后黄帝战胜炎帝，他们同为中华民族的祖先。阪泉：今地所在有三说：一说在河北涿鹿县东南，一说在山西运城县南，一说在山西阳曲县东北。 ② 貙（chū 出）：一种似狸的野兽。 ③ 鹖（hé 何）：鹖鸡，一种似雉而大的鸟，色青善斗。 ④ 鸢（yuān 渊）：一种凶猛的鸟，俗称鹞鹰、老鹰。 ⑤ 尧：传说中的古代帝王，相传他设官建制，命属官各司其职，夔是他的乐官。典：主持、掌管。 ⑥ 石：石磬，古代乐器，"八音"之一。拊：拍击。 ⑦ 箫韶：相传为舜时乐曲名。九成：九奏而成。 ⑧ 仪：仪礼，这里作动词用，指参加仪礼，"凤凰来仪"是古代传说中的大祥瑞。 ⑨ 接：接引。 ⑩ 齐欲：指满足欲望。摄生：保养生命。 ⑪ 假：借用。 ⑫ 偶：匹配。

方介氏之国①，其国人数数解六畜之语者②，盖偏知之所得③。

太古神圣之人，备知万物情态，悉解异类音声，会而聚之，训而受之④，同于人民。故先会鬼神魑魅⑤，次达八方人民，末聚禽兽虫蛾。言血气之类心智不殊远也。神圣知其如此，故其所教训者无所遗逸焉。

【翻译】

状貌不一定相同而心智相同，心智不一定相同而状貌相同。圣人取的是相同的心智而忽略相同的状貌，众人却亲近与自己相同的状貌而疏远与自己相同的心智。状貌与自己相同的，就亲近而喜爱他；状貌与自己相异的，就疏远而畏惧他。有七尺的身躯，手足的差异，头戴毛发，口含牙齿，能直立行走，叫做人；可是人未必没有兽心。虽然他有兽心，却因为他的状貌而被亲近了。身长翅膀、头上长角，张牙舞爪，在天上高飞，在地下奔跑，叫做禽兽；可是禽兽未必没有人心。虽然它有人心，却因为状貌而被疏远了。庖牺氏、女娲氏、神农氏、夏后

---

① 介氏之国：《列子》中虚构的国名。 ② 数数（shuò 朔）：往往。 ③ 偏知：一得之知。 ④ 训：训言，开导。受：同“授”，教育传授。 ⑤ 魑（chī 吃）魅：传说中的山神、鬼怪。

氏，都长着蛇的身子，人的面孔，牛头虎鼻，他们具有非人的状貌，却有着大圣的德行。夏桀、殷纣、鲁桓公、楚穆王，他们的状貌七窍，都与人相同，可是却有禽兽之心。而众人拘守一种状貌来寻求最高的智慧，这是智力不可能预见到的。

黄帝与炎帝在阪泉交战，率领着熊、罴、狼、豹、貙、虎作为前驱，用鹏、鹖、鹰、鸢为作战的旗帜，这是用威力来驱使禽兽的。尧让夔掌管音乐，他拍击着石磬，百兽就都随之起舞；箫韶演奏了多次，凤凰就来参加仪礼了：这是用音乐来招致禽兽的。如此说来，那禽兽的心智，又哪里与人不同呢？这是因为它们的状貌声音与人不同，而人们并不知道如何与之交往。圣人无所不知，无所不晓，所以能够接引并驱使它们。

禽兽的心智有天然与人相同的地方，它们满足欲望，保养生命，也是不向人类借用智慧的。雌雄相配，母子相亲；避开平地，依就险要，躲避寒冷，靠近温暖；居处成群，行有行列；弱小的住在里面，强壮的住在外面；饮水时互相携带，就食时鸣叫相招。在远古的时候，他们与人在一起居住，在一起行走。到了帝王产生的时代，就开始受惊逃散了。等到末世，便隐藏逃窜，借以躲避祸害。现在东方的介氏之国，那里的百姓往往能懂六畜的语言，或许也是一得之知。

远古神圣的人，他们完全知道万物情态，全都懂得异类的声音，将异类会聚在一起，训育教导它们，就如对待百姓一样。所以先会合各方鬼神怪物，再招致八方百姓，最后聚集鸟兽虫蛾。这是说凡有血气的东西其心智相差得并不太远。圣人知道是这个样子，所以他们教导训育的对象也就没有什么遗漏的。

朝三暮四

本章是《黄帝篇》第十九章，它出自《庄子·齐物论》。这是一段很有名的故事，成语“朝三暮四”就来源于此。不过，它的原义却是在讽刺人的愚昧，名实未亏而喜怒妄发。道家认为客观事物本无是非优劣之分，人的是非观念是无意义的，喜怒之情也是缺乏根据的，都是偏执愚昧的表现。因此讽劝人们不应受圣人愚弄，其实仍是在阐发“齐物”思想。

宋有狙公者①，爱狙，养之成群，能解狙之意，狙亦得

① 狙(jū居)公：指养狙之人。狙，猿猴类动物。

公之心。损其家口[①]，充狙之欲。俄而匮焉[②]，将限其食。恐众狙之不驯于己也，先诳之曰："与若芧[③]，朝三而暮四，足乎？"众狙皆起而怒。俄而曰："与若芧，朝四而暮三，足乎？"众狙皆伏而喜。物之以能鄙相笼[④]，皆犹此也。圣人以智笼群愚，亦犹狙公之以智笼众狙也。名实不亏，使其喜怒哉！

【翻译】

宋国有个狙公，他喜爱狙，养了成群的狙，能够懂得狙的意思，狙也懂得他的心意。他减少其家人的口粮，来满足狙的需求。不久供给匮乏，他打算限量供给狙的食物。他恐怕众狙不听话，就先骗它们说："现在我要给你们发芧，早晨三个晚上四个，够了吗？"众狙都跳起来发怒。过了一会儿他又说："给你们发芧，早晨四个晚上三个，够了吗？"众狙听后都趴下高兴了。凡是才智高的来欺哄才智低的，都是这样的。圣人用智慧来笼络群众愚昧，也就像狙公用智慧来笼络众狙。名义和实际都没有亏损，却能使群众或喜或怒啊！

---

① 损其家口：减少其家人的口粮。 ② 匮：匮乏。 ③ 芧(xù序)：橡实。 ④ 能：有才智。鄙：鄙陋。笼：欺哄。

周穆王神游

本章是《周穆王篇》第一章。周穆王被化人引至幻境后，心醉神迷，流连忘返，从此便不理国事，热衷于周游。他乘上“八骏”去昆仑山拜见西王母，饮美酒于瑶池，遂为后世留下一段千古神话。在对幻境与真实的同等描述中，表现出作者“真幻如一”的思想意识，这是一种虚幻意识。

周穆王时①，西极之国有化人来②，入水火，贯金石，

① 周穆王：西周国君，名满，昭王之子。 ② 西极之国：极远的西方国家。化人：会行幻术的人。

反山川①,移城邑。乘虚不坠②,触实不硋。千变万化,不可穷极。既已变物之形,又且易人之虑。穆王敬之若神,事之若君。推路寝以居之③,引三牲以进之④,选女乐以娱之。化人以为王之宫室卑陋而不可处,王之厨馔腥蝼而不可享⑤,王之嫔御膻恶而不可亲。穆王乃为之改筑,土木之功,赭垩之色⑥,无遗巧焉。五府为虚⑦,而台始成。其高千仞,临终南之上⑧,号曰中天之台。简郑卫之处子娥媌靡曼者⑨,施芳泽⑩,正蛾眉,设笄珥⑪,衣阿锡⑫,曳齐纨⑬,粉白黛黑,珮玉环,杂芷若以满之⑭,奏《承云》、《六莹》、《九韶》、《晨露》以乐之⑮。月月献玉衣,旦旦荐玉食。化人犹不舍然⑯,不得已而临之。

---

① 反:颠倒。 ② 乘:登。 ③ 路寝:天子所居的正室。 ④ 三牲:指牛、羊、猪。 ⑤ 蝼:蝼蛄的臭味,这里是泛指。 ⑥ 赭(zhě 者)垩(è 恶):红土和白土。 ⑦ 五府:指国家贮藏财货的五类府库,即太府、王府、内府、外府、膳府。 ⑧ 终南:即终南山。在今陕西西安西南。 ⑨ 简:挑选。娥媌(máo 毛):妖艳。靡曼:柔弱。 ⑩ 芳泽:指化妆用的脂膏。 ⑪ 笄(jī 基):簪子,用来固定头发。珥:耳饰。 ⑫ 阿(ē 婀)锡:阿地产的一种细布。阿即齐国的东阿,地在今山东东阿。 ⑬ 齐纨:齐国生产的白细绢。 ⑭ 芷若:芷,白芷;若,杜若,二者都是香草名。 ⑮《承云》、《六莹》、《九韶》、《晨露》:古代乐曲名。相传《承云》为黄帝的音乐,《六莹》为帝喾的音乐,《九韶》为舜的音乐,《晨露》为汤的音乐。 ⑯ 舍然:安适的样子。

居亡几何，谒王同游[①]。王执化人之袪[②]，腾而上者，中天乃止，暨及化人之宫[③]。化人之宫构以金银，络以珠玉[④]，出云雨之上，而不知下之据[⑤]，望之若屯云焉[⑥]。耳目所观听，鼻口所纳尝，皆非人间之有。王实以为清都、紫微、钧天、广乐[⑦]，帝之所居。王俯而视之，其宫榭若累块积苏焉[⑧]。王自以居数十年不思其国也。

化人复谒王同游，所及之处，仰不见日月，俯不见河海。光影所照，王目眩不能得视；音响所来，王耳乱不能得听。百骸六藏[⑨]，悸而不凝[⑩]，意迷精丧，请化人求还。化人移之，王若殒虚焉[⑪]。

既寤，所坐犹向者之处，侍御犹向者之人。视其前，则酒未清，肴未昲[⑫]。王问所从来，左右曰："王默存耳[⑬]。"由此穆王自失者三月而复。

更问化人。化人曰："吾与王神游也，形奚动哉？且曩之所居，奚异王之宫？曩之所游，奚异王之圃？王闲

---

① 谒：请求。 ② 袪（qū 屈）：衣袖。 ③ 暨：与"及"同义，到的意思，下"及"字当为衍文。 ④ 络：包络。 ⑤ 据：按据。 ⑥ 屯云：积聚的云层。屯，聚集。 ⑦ 清都、紫微：传说中天帝的居所。钧天、广乐：传说中天帝的音乐。 ⑧ 苏：本指割草，这里泛指柴草。 ⑨ 骸（hái 孩）：骨的总称。藏：通"脏"。 ⑩ 悸而不凝：指由于惊悸而心神不能专注。 ⑪ 殒：通"陨"，坠落。 ⑫ 昲（fèi 费）：晒干。 ⑬ 默存：静默存想。

恒有①，疑蹔亡②。变化之极，徐疾之间，可尽模哉③？”

王大悦。不恤国事，不乐臣妾，肆意远游。命驾八骏之乘④，右服骅骝而左绿耳⑤，右骖赤骥而左白牺⑥，主车则造父为御⑦，𦠆𦙶为右⑧；次车之乘，右服渠黄而左踰轮⑨，左骖盗骊而右山子⑩，柏夭主车⑪，参百为御，奔戎为右。驰驱千里，至于巨蒐氏之国⑫。巨蒐氏乃献白鹄之血以饮王⑬，具牛马之湩以洗王之足⑭，及二乘之人。

已饮而行，遂宿于崑峇之阿⑮，赤水之阳⑯。别日升

① 闲：习惯。恒有：恒常实有的东西。 ② 蹔（zàn 赞）亡：短暂虚无的东西，蹔同“暂”。 ③ 模：用想象去捕捉。 ④ 八骏：传说中周穆王的八匹骏马。 ⑤ 服：古代一车四马，中间的两匹称为服，这里作动词用。骅骝、绿耳：都是八骏之一。 ⑥ 骖：服两旁的马，这里也作动词用。赤骥、白牺（yì 义）：都是八骏之一。 ⑦ 造父：古代善于驾车的人。相传曾为周穆王驾车西游。 ⑧ 𦠆（tài 太）𦙶（bǐng 丙）：人名。右：车右。 ⑨ 渠黄、踰轮：都是八骏之一。 ⑩ 盗骊、山子：都是八骏之一。 ⑪ 柏夭：与下二句“参百”、“奔戎”，都是人名。 ⑫ 巨（qú 渠）蒐（sōu 搜）氏之国：巨蒐，即“渠搜”，古西戎国名。与大宛相邻，在葱岭以西。 ⑬ 白鹄（hú 胡）：天鹅。 ⑭ 湩（zhòng 重）：乳汁。 ⑮ 崑峇：即昆仑山，关于它的神话传说很多。阿：曲隅，指山脚下的角落。 ⑯ 赤水：神话中的河流，传说它发源于昆仑山。阳：水的北岸。

于崑岺之丘，以观黄帝之宫，而封之以诒后世①。遂宾于西王母②，觞于瑶池之上③。西王母为王谣④，王和之，其辞哀焉。西观日之所入，一日行万里。王乃叹曰："於乎！予一人不盈于德而谐于乐⑤，后世其追数吾过乎！"

穆王几神人哉⑥！能穷当身之乐，犹百年乃徂⑦，世以为登假焉⑧。

【翻译】

周穆王的时候，从西方极远的国家来了一个化人，他能出入水火，穿过金石，改换山河，转移城邑。在空中行走不会坠落，任何实物都阻碍不了他。千变万化，不可穷尽。他既改变物的形态，又更换人的思虑。周穆王对他尊奉如神，像侍奉君主那样对待他。把宫殿让出来给他居住，向他进奉三牲的膳食，挑选能歌善舞的美女供他娱乐。化人却认为王的宫室简陋不能居住，王的厨馔腥臭而不能享用，王的妃嫔膻恶而不可接近。于是穆

---

① 封：封土。诒：传，遗留。② 宾：礼宾、拜访。西王母：神话中人物，民间称"王母娘娘"，一般将其作为长生不老的象征，戏曲小说中作为美貌女神。③ 瑶池：相传为昆仑山上的仙池，西王母所居。④ 谣：徒歌。⑤ 予一人：古代天子的自称。谐：沉醉。⑥ 几：通"岂"。⑦ 徂：通"殂"，死亡。⑧ 登假：即"登遐"，这里指登仙，后作为帝王之死的讳称。

王为他改建房屋，建筑的工夫，色彩的华丽，没有比这更精巧的了。国家的府库为之空虚，楼台才刚刚筑成。它高达千仞，耸立在终南山上，叫做中天之台。穆王挑选郑、卫之地艳丽柔媚的处女，让她们厚施膏脂，淡扫蛾眉，头上插簪，耳戴珠饰，穿上东阿细布做的衣衫，曳以齐地素绢做的衣带，粉白黛黑，佩带玉环，戴上芳草，来充斥楼阁亭台，又让她们演奏《承云》、《六莹》、《九韶》、《晨露》之乐供化人娱乐。每月都向他进献缀玉的衣服，每天都向他进荐珍美的食品。化人还是不开心的样子，勉强地到这里。

过了没多久，他便邀请穆王跟他一起去周游。穆王拽住化人的衣袖，腾空而上，到了半空中才停下，来到了化人的居所。化人的房屋是用金银构筑的，外面包饰着珠玉，突出在云雨之上，不知道下面有什么凭依，望上去就好像积聚的云层。耳目所听到看到的，鼻口所嗅到尝到的，都不是人间所有的东西。穆王真的认为眼前这些就是清都、紫微、钧天、广乐，来到了天帝的住所。穆王俯身去看，他的宫殿就像土块、柴草堆聚在那里。他觉得在这里住上几十年也不会思念自己的国家。

化人又请求穆王同游，所到之处，抬头不见日月，低头不见河海。光影照来，穆王眼睛眩惑看不见东西；声响传来，穆王耳朵昏乱听不到声音。他的全身骨节和五脏六腑，都因为心悸而不能凝注。心意迷惑，精气丧失，于是请求化人让他回来。化人推了推他，穆王感到就像从天空中掉下来一样。

清醒之后，穆王发现坐的仍是原来的地方，在一旁侍候的还是以前的人。看看眼前，酒还没澄清，菜还没干掉。王问左右的人自己从哪里来，左右的人说："大王只不过是在心中默念罢了。"从此穆王自我失落三个月才复元。

他又去请教化人，化人说："我与大王只是神游而已，身体何尝动过呢？而且刚才去过的住所，与大王自己的宫殿有什么差别呢？刚才游过的地方，与大王您的园圃有什么差别呢？大王您只是习惯了恒常存在的东西，而怀疑暂时虚无的东西。精神瞬息万变，或迟或速，又哪里可以完全捕捉呢？"

穆王听了非常高兴。他不再考虑国家大事，不再喜欢近臣侍妾，而是恣意远游。他命人驾上八骏之车，绿耳、骅骝为左右服马位于中间，白牺、赤骥为左右骖马，位在两旁，主车让造父来驾驭，骐尚为车右；副车则是踰轮和渠黄为左右服马，盗丽和山子为左右骖马，让柏夭来掌车，参百驾驭，奔戎为车右。驰骋了千里，来到巨蒐氏的国家。巨蒐氏给穆王献上天鹅血饮用，为他准备牛马的乳汁来洗脚，连同两辆车上的人也一起款待。

饮享之后，继续前行，晚上投宿在昆仑山脚下，赤水的北岸。第二天登上昆仑山，来观览黄帝的宫殿，在此堆土作标志使它流传后世。接着便去朝拜西王母，会饮于瑶池之上。西王母为穆王唱起歌谣，穆王随声而和，那辞气很是悲哀。向西观看太阳落山的地方。他的行程一日万里。穆王于是感叹道："哎，我不积些德却在这里纵情逸乐，后世的人恐怕要追数我的过错吧！"

穆王难道是个神人吗？他能够享尽一身的快乐，这样还活了一百年才死，所以后世都认为他升天了。

老成子学幻于尹文

本章是《周穆王篇》第二章。它表述了这样一个观点：一切皆幻化所至。阴阳造化是一种自然的幻化。它完美、深刻，而人的幻术即使再高明，也只是一种拙劣的模仿，所以它迹显而功微。这样，它就提出了两个骇人听闻的观点：一个是人本身就是幻化的结果，一个是三王五帝之功德乃是幻化所至。

老成子学幻于尹文先生[①]，三年不告。老成子请其

① 老成子：人名，战国时宋国人。尹文：战国时期哲学家，其学说近黄老之学。

过而求退。尹文先生揖而进之于室。屏左右而与之言曰："昔老聃之徂西也①，顾而告予曰：有生之气，有形之状，尽幻也。造化之之所始，阴阳之所变者，谓之生，谓之死。穷数达变，因形移易者，谓之化，谓之幻。造物者其巧妙，其功深，固难穷难终。因形者其巧显，其功浅，故随起随灭。知幻化之不异生死也，始可与学幻矣。吾与汝亦幻也，奚须学哉？"

老成子归，用尹文先生之言深思三月，遂能存亡自在，憣校四时②；冬起雷，夏造冰；飞者走，走者飞。终身不著其术③，故世莫传焉。

子列子曰："善为化者，其道密庸④，其功同人。五帝之德⑤，三王之功⑥，未必尽智勇之力，或由化而成。孰测之哉？"

【翻译】

老成子向尹文先生学习幻术，过了三年也没告诉他幻术。老成子于是请求指明过错而要求回去。尹文先

---

① 徂：往、到。"老聃徂西"指老子西游出函谷关的传说。② 憣（fān 翻）校：颠来倒去。憣，同"翻"。 ③ 著：著明。④ 密庸：隐密地发生作用。 ⑤ 五帝：指传说中的上古五位帝王，即黄帝、颛顼、帝喾、唐尧、虞舜。 ⑥ 三王：指夏禹、商汤、周文王。三王五帝以功业显著而著称。

生拱手把他让到屋内，避开左右之人对他说："过去老聃西游的时候，他回头告诉我说：凡是有生命的精气，有形体的状态，都是虚幻的。造化的开端，阴阳之气的变化，叫做生，叫做死。穷尽数理，通达变化，就着事物的形体加以改变，叫做化，叫做幻。造物主的技巧是玄妙的，他的功夫是精深的，原是难以穷尽到头的。而就着形体加以改变的技巧是明显的，他的功夫是浅近的，所以随时兴起，随时泯灭。知道虚幻变化与生死无异，才可以与他一起学习幻术。我和你也都是虚幻，又哪里用得着学呢？"

老成子回去之后，将尹文先生的话深思了三个月，于是做到了存亡听任自在，颠倒四季，冬天让天打雷，夏天让河结冰。使能飞的会跑，会跑的能飞。他终生没有显露他的法术，所以世人无传。

子列子说："善于行幻化之术的，他的道术能悄悄地发生作用，而使他的功夫同别人一样。五帝的德绩，三王的功业，未必都是由智慧勇敢的力量成就的，或许是由幻化而成。谁又能测度他们呢？"

觉征梦候

本章是《周穆王篇》第三章。这是古人对于梦的探讨，它是运用物类相感的道理，揭示梦与现实的联系，阐述“日有所思，夜有所梦”这一朴素的观点。但是道家认为一切存在始终运动变化，所以“真人”的最高境界是“觉而自忘”，睡眠根本无梦。其宗旨是讽喻世人不必梦想。

觉有八征①，梦有六候②。奚谓八征？一曰故③，二曰为，三曰得，四曰丧，五曰哀，六曰乐，七曰生，八曰死。

---

① 觉：指人的清醒状态。征：迹象。 ② 候：占验。③ 故：事情。

此者八征，形所接也①。奚谓六候？一曰正梦②，二曰蘁梦③，三曰思梦④，四曰寤梦⑤，五曰喜梦⑥，六曰惧梦⑦。此六者，神所交也⑧。不识感变之所起者，事至则惑其所由然⑨；识感变之所起者，事至则知其所由然。知其所由然，则无所怛⑩。

一体之盈虚消息，皆通于天地，应于物类。故阴气壮，则梦涉大水而恐惧；阳气壮，则梦涉大火而燔焫⑪，阴阳俱壮，则梦生杀。甚饱则梦与，甚饥则梦取。是以以浮虚为疾者，则梦扬；以沈实为疾者⑫，则梦溺。藉带而寝则梦蛇⑬，飞鸟衔发则梦飞。将阴梦火，将疾梦食。饮酒者忧⑭，歌舞者哭⑮。

子列子曰："神遇为梦⑯，形接为事。故昼想夜梦，神

① 形所接也：形体与外界的接触。 ② 正梦：正常状态下的梦。 ③ 蘁（è 恶）梦：由于惊谔而引起的梦。蘁，通"噩"。 ④ 思梦：思虑过多引起的梦。 ⑤ 寤梦：清醒时在一种出神状态下所产生的梦。 ⑥ 喜梦：由于高兴而引起的梦。 ⑦ 惧梦：由于害怕而引起的梦。 ⑧ 神所交也：由精神与外界的交感。 ⑨ 所由然：所以这样的原因。 ⑩ 怛（dá 达）：恐惧。 ⑪ 燔（fán 凡）焫（ruò 弱）：燃烧。 ⑫ 沈：同"沉"。 ⑬ 藉带而寝：压着衣带而睡。 ⑭ 饮酒者忧：句前当有"梦"字，指梦见饮酒的醒来时就会忧愁。 ⑮ 歌舞者哭：句前当有"梦"字，指梦见歌舞的醒来时就会哭泣。 ⑯ 遇：遇合。

形所遇。故神凝者想梦自消。信觉不语①,信梦不达②,物化之往来者也③。古之真人,其觉自忘,其寝不梦,几虚语哉?”

【翻译】

人的觉醒有八种迹象,人的梦境有六种验证。什么叫八种迹象呢?一是物事,二是作为,三是获得,四是丧失,五是悲哀,六是快乐,七是生,八是死。这是八种迹象,是形体与外界的接触。什么叫六种验证呢?一是正梦,二是噩梦,三是思梦,四是寤梦,五是喜梦,六是惧梦。这六种,是精神与外界的交感。如果不知道感应变化兴起的原因,那么事情发生后就会对它这样的结果产生迷惑;知道了造成这种感应变化的原因,那么事情到来就知道它会造成这样的结果。知道了它造成这样的结果,就没有什么可畏惧的了。

人身体的丰满亏虚、消亡生息,都是与天地相通,与外物相应的。所以一个人如果阴气太盛,就会梦见趟过大河而惊恐;阳气太盛,就会梦见穿过大火而被燃烧。阴阳二气都过于旺盛,就会梦见生杀之事。吃得过饱就

---

① 信觉:最真实的清醒状态。不语:无法言语。 ② 信梦:最真实的梦境。不达:无法表达。 ③ 物化:事物的彼此转化。

会梦见给与，过于饥饿就会梦见索取。所以害了血气虚浮的病，就会梦见浮腾；害了血气沉实的病，就会梦见溺水。压着衣带睡觉就会梦见蛇，飞鸟来啄头发就会梦见飞。气血将要变阴就梦见火，身体将要生病就梦见食物。梦见饮酒的早晨醒来会忧愁，梦见歌舞的早晨醒来会哭泣。

子列子说："精神相遇合产生梦，形体相接触产生事。所以白天思想，晚上就做梦，这都是形体和精神与外界的遇合。因此精神凝定的人思想成梦的现象，自然都会消失。真实的觉醒不须言说，真实的梦境无从表达，它们都是事物转化的往复。古代那些修得真道的人，他们觉醒时连自己都忘却，他们睡觉时不会做梦，这难道是假话吗？"

古莽之国

本章是《周穆王篇》第四章。它记述了中央之国与西南边远的古莽之国、东北边远的阜落之国的天时、地利条件与人文习俗，意在说明梦想与现实的认识具有相对性，主要取决于客观的天时地利所造成的人文习俗特点。它相当明确地表明了《列子》的“虚幻”世界观的实质是道家的“齐物”论观念。

西极之南隅有国焉，不知境界之所接，名古莽之国。阴阳之气所不交，故寒暑亡辨；日月之光所不照，故昼夜亡辨。其民不食不衣而多眠，五旬一觉，以梦中所为者实，觉之所见者妄。

四海之齐谓中央之国①，跨河南北，越岱东西②，万有余里。其阴阳之审度③，故一寒一暑；昏明之分察，故一昼一夜。其民有智有愚。万物滋殖，才艺多方。有君臣相临，礼法相持。其所云为不可胜计④。一觉一寐，以为觉之所为者实，梦之所见者妄。

东极之北隅有国曰阜落之国。其土气常燠⑤，日月余光之照。其土不生嘉苗，其民食草根木实，不知火食。性刚悍，强弱相藉⑥，贵胜而不尚义。多驰步，少休息，常觉而不眠。

【翻译】

在极远的西方南部有个国家，不知道它的边境疆界与哪国接壤，名叫古莽之国。在那里，阴阳之气不交合，所以没有寒暑之分；日月的光辉照不到，所以不分昼夜。它的百姓不吃不穿而睡眠很多，睡五十天才醒一次，把梦中的行事当作真实的，而把醒来时见到的当作虚假的。

四海的中心称为中央之国，它跨过黄河南北，越过

① 齐：中央。② 岱：泰山。③ 审度：当为“度审”，指节度确定。④ 云为：言论和行事，这里泛指行为。⑤ 燠（yù 玉）：闷热。⑥ 藉：欺凌。

泰山东西,方圆一万多里。那里阴阳二气的节度很明确,所以有一个寒季一个暑季,黑夜与光明的区分很清楚,所以有一个白天一个黑夜。那里的百姓有的聪慧,有的愚笨。万然滋长繁殖,人才技艺多方。有君主大臣来主持政事,有礼仪法度来维系人伦。他们的言论和行事多得无法计数。一醒一睡,把醒来时的行事当作真实的,而把梦中所见的当作虚假的。

在极远的东方北部有个国家,名叫阜落之国。那里气候燥热,昼夜都有日月之光的照射。土地长不出好的禾苗,百姓以草根果实为食,不知道用火。他们性情刚烈暴悍,互相以强欺弱,看重取胜而不崇尚道义。经常跑步,很少休息,总是醒着不睡觉。

役夫之梦，尹氏之疾

本章是《周穆王篇》第五章，它记述了两个在现实中遭遇不同的人的不同梦境。作者认为，人生苦乐相均，这又是道家的“齐物”观，它把梦作为现实的补偿，等而视之，反映了一种“虚幻”意识。

周之尹氏大治产，其下趣役者侵晨昏而弗息①。有老役夫筋力竭矣，而使之弥勤②。昼则呻呼而即事，夜则昏惫而熟寐。精神荒散，昔者梦为国君③。居人民之上，

① 趣役者：奔走服役的人。侵：迫近，侵晨昏指从早到晚。 ② 勤：勤苦。 ③ 昔：通“夕”。

总一国之事，游燕宫观①，恣意所欲，其乐无比。觉则复役。人有慰喻其勤者②，役夫曰："人生百年，昼夜各分。吾昼为仆虏，苦则苦矣；夜为人君，其乐无比。何所怨哉？"

尹氏心营世事，虑钟家业③，心形俱疲，夜亦昏惫而寐。昔昔梦为人仆，趋走作役，无不为也；数骂杖挞，无不至也。眠中啽呓呻呼④，彻旦息焉⑤。

尹氏病之，以访其友⑥。友曰："若位足荣身，资财有余，胜人远矣。夜梦为仆，苦逸之复⑦，数之常也。若欲觉梦兼之，岂可得邪？"尹氏闻其友言，宽其役夫之程⑧，减己思虑之事，疾并少间⑨。

【翻译】

周国有一户姓尹的人家大治产业，他门下奔走服役的人起早摸黑得不到休息。有个老役人已经累得筋疲力竭了，可是使唤他却越发劳苦。他白天呻吟着去作事，到了晚上就昏昏然疲惫得熟睡。他精神恍惚散乱，夜夜梦见自己做了国君。身居众人之上，总领一国之

① 燕：通"宴"，宴饮。 ② 慰喻：劝慰宽勉。 ③ 钟：集中。 ④ 啽（ān 安）呓：说梦话。 ⑤ 彻：彻夜。 ⑥ 访：询问。 ⑦ 苦逸之复：苦乐的往复。 ⑧ 程：程役。 ⑨ 少：稍微。间：痊愈。

事，在宫殿楼台中游乐宴饮，随心所欲，快乐无比。醒来之后就又去服劳役。有人见他这样勤苦就来宽慰，役人说：“人生百年，昼夜各占一半。我白天为仆役，苦是很苦了，可是到了晚上就做国君，其快乐是无法比拟的。我又有什么怨言呢？”

尹氏心里经营着世事，思虑关注着家业，身心疲惫，到了晚上也昏昏然疲惫而睡。夜夜都梦见为人奴仆，奔走服役，无所不为；责骂鞭打，无不遭受。他在梦中呻吟呓语，通宵达旦才得休息。

尹氏为此苦恼，就去求教他的朋友。朋友说：“你的地位足以让自己荣耀，财富又绰有余裕，超过别人很远了。晚上做梦当了奴仆，苦乐相互交替，这也是运数的常理。你想醒时睡时都得到快乐，哪里能够办到呢？”尹氏听了他朋友的这番话，就宽缓了役人的劳役期限，减少自己所思虑的事，疾病也随之稍有好转。

郑人获鹿

本章是《周穆王篇》第六章。它讲了郑人获鹿引起的一系列真实与梦幻纠缠难分的趣事，展示了一种真中有幻、幻中有真的亦真亦幻的世事图象，实际上嘲弄了从国君、国相到郑人易女的莫辨真幻、不分是非的愚昧，所以最后借国相之口点出只有圣哲能辨梦觉。

郑人有薪于野者①，遇骇鹿，御而击之②，毙之。恐人见之也，遽而藏诸隍中③，覆之以蕉④，不胜其喜。俄

---

① 薪：作动词用，打柴。 ② 御：迎。 ③ 隍：无水的城壕，这里指壕沟。 ④ 蕉：通“樵”，柴草。

而遗其所藏之处，遂以为梦焉。

顺途而咏其事[①]，傍人有闻者，用其言而取之。既归，告其室人曰："向薪者梦得鹿而不知其处；吾今得之，彼直真梦矣[②]。"室人曰："若将是梦见薪者之得鹿邪[③]？讵有薪者邪[④]？今真得鹿，是若之梦真邪？"夫曰："吾据得鹿[⑤]，何用知彼梦我梦邪？"

薪者之归，不厌失鹿[⑥]。其夜真梦藏之之处，又梦得之之主。爽旦[⑦]，案所梦而寻得之。遂讼而争之，归之士师[⑧]。

士师曰："若初真得鹿，妄谓之梦；真梦得鹿，妄谓之实。彼真取若鹿，而与若争鹿。室人又谓梦仞人鹿[⑨]，无人得鹿。今据有此鹿，请二分之。"

以闻郑君。郑君曰："嘻！士师将复梦分人鹿乎！"

访之国相。国相曰："梦与不梦，臣所不能辨也。欲辨梦觉，唯黄帝、孔丘。今亡黄帝、孔丘，孰辨之哉？且恂士师之言可也。[⑩]"

---

① 塗：通"途"。咏：言说。 ② 直：就是。 ③ 将：大概，或许。 ④ 讵：哪里。 ⑤ 据：占有。 ⑥ 不厌：不甘心。 ⑦ 爽旦：清晨。 ⑧ 士师：古代掌管狱讼的官。 ⑨ 仞：通"认"，认取。 ⑩ 恂：相信。

【翻译】

郑国有个人在田野上打柴，遇到一头受惊的鹿，于是他迎上去打它，将它打死。恐怕别人发现，慌忙把它藏到一个壕沟里，上面盖上柴草，他高兴得不得了。过了一会儿，他忘了藏鹿的地方，于是认为是自己做了个梦。

他沿途说着这件事。旁边有个人听到了，按照他说的话找到了鹿。回家之后，对他的妻子说："刚才一个打柴的人做梦得到了一只鹿而不知道藏鹿的地方，我现在得到了这只鹿，他简直是真的在做梦了！"他的妻子说："你大概是梦见打柴人得到鹿了吧，哪里有打柴人呢？现在果真得到了鹿，是你的梦成真了吧！"丈夫说："我占有了得到的鹿，又哪里用得着知道是他的梦还是我的梦？"

打柴的人回家后，不甘心失去鹿，当天夜里果真梦到了藏鹿的地方，又梦见了得到鹿的人。第二天清晨，他按梦中所示找到了得到鹿的人。于是发生了争执，两人都执意要鹿，官司告到士师那里。

士师对打柴的人说："你当初是真的抓获了鹿，却错误地叫它梦；真是做梦得到了鹿，却错误地叫做实。他是真的拿走了你的鹿而与你相争。他的妻子又说他是梦中认取了别人的鹿，并没有谁曾经得到鹿。现在占有了这头鹿，请让我给你们平分它。”

这件事上报到郑国国君，郑国国君说：“嘻！士师大概又在做梦给人分鹿吧！”

郑国国君就此事询问国相。国相说：“梦还是非梦，这是为臣不能辨别的。要辨别清醒与睡梦，只有黄帝、孔丘能行。现在没有了黄帝、孔丘，又有谁能辨别呢？姑且相信士师的话好了。”

阳里华子病忘

本章是《周穆王篇》第七章。阳里华子害了健忘症，他忘掉了世上的一切，却以此为幸。别人医好了他的病，他非常气恼，以为这样世事的各种烦忧将又重新打乱他的心，使他不得片刻的安宁。他更愿意像病中那样忘掉一切，换得心灵的宁静。作者以欣赏的眼光来看阳里华子，表现出其内心深处的虚幻意识。

宋阳里华子中年病忘，朝取而夕忘，夕与而朝忘；在途则忘行，在室则忘坐；今不识先，后不识今，阖室毒之①。

① 毒之：为此苦恼。

谒史而卜之，弗占[1]；谒巫而祷之，弗禁；谒医而攻之，弗已。

鲁有儒生自媒能治之[2]，华子之妻子以居产之半请其方。儒生曰："此固非卦兆之所占，非祈请之所祷，非药石之所攻。吾试化其心，变其虑，庶几其瘳乎！"于是试露之，而求衣；饥之，而求食；幽之，而求明。儒生欣然告其子曰："疾可已也。然吾之方密，传世不以告人。试屏左右。独与居室七日。"从之，莫知其所施为也，而积年之疾一朝都除。

华子既悟，乃大怒，黜妻罚子，操戈逐儒生。宋人执而问其以[3]。华子曰："曩吾忘也，荡荡然不觉天地之有无[4]。今顿识既往，数十年来存亡、得失、哀乐、好恶，扰扰万绪起矣[5]。吾恐将来之存亡、得失、哀乐、好恶之乱吾心如此也，须臾之忘，可复得乎？"

子贡闻而怪之，以告孔子。孔子曰："此非汝所及乎！"顾谓颜回纪之[6]。

【翻译】

宋国的阳里华子中年害了健忘的病，早晨拿过的东

---

① 占：应验。② 自媒：自荐。③ 以：因为。④ 荡荡然：空旷浩渺的样子。⑤ 扰扰：纷扰杂乱的样子。⑥ 纪：通"记"。

西到了晚上就忘了，晚上给人的东西到了早晨又忘了；在路上忘记行走，在家里忘记坐下；现在记不得从前，过后又忘记现在，全家人都为此苦恼。请史官占卜，不获应验；请巫师祈祷，不能禁止；请医生治疗，不见好转。

鲁国有个儒生自己介绍能够治华子的病，华子的妻室儿女拿出一半的家产来向他请求医方。儒生说："这本来就不是占卜问卦所能占验的，不是祷告祈求所能遂愿的，不是药石所能攻治的。我试着变化他的心意，改变他的思虑，或许能够治好吧！"于是试着让华子赤身露体受冻，华子也就要求穿衣；让华子挨饿，华子也就要求食物；把华子关在昏暗的地方，华子也就要求光亮。儒生欣然告诉华子的儿子说："病可以好了。不过我的方法保密，世代相传，不告诉外人。试着赶走左右的人，让我单独与他在屋子里呆上七天。"家人听从了他，谁也不知道他干了些什么，可是积年的疾病一个早晨就全好了。

华子清醒之后，就大怒，他贬黜妻子，惩罚儿子，抄起武器就去驱逐儒生。宋国人抓住他问原因，他说："过去我忘事的时候，浑浑沌沌不知道天地的有无。现在一下子想起了以往，几十年来的存亡、得失、哀乐之情、好恶之心乱纷纷千头万绪涌起来了。我恐怕将来的存亡、得失、哀乐之情、好恶之心又像这样来搅乱我的心，片刻的忘却,还能再得到么?”

子贡听说了这件事感到很奇怪,把它告诉了孔子。孔子说:“这不是你所能理解的呀!”他回头吩咐颜回记下这件事。

燕人还乡

本章是《周穆王篇》第九章。燕人还乡不识世俗时务，因轻信而受骗，又因受骗误信而损情。作者借以讽喻世人不要轻易动情，不可轻信妄发。

燕人生于燕，长于楚，及老而还本国。过晋国，同行者诳之，指城曰："此燕国之城。"其人愀然变容①。指社②曰："此若里之社。"乃喟然而叹。指舍曰："此若先人之庐。"乃涓然而泣③。指垅曰④："此若先人之冢。"其人

① 愀(qiǎo 巧)然：忧惧的样子。 ② 社：乡里的土神庙。 ③ 涓(xuàn 眩)然：流泪的样子。涓，通"泫"。 ④ 垅：坟墓。

哭不自禁。同行者哑然大笑，曰："予昔绐若，此晋国耳。"其人大惭。及至燕，真见燕国之城社，真见先人之庐冢，悲心更微。

【翻译】

有个燕国人生在燕国，长在楚国，到老了返回本国。经过晋国的时候，同行的人欺骗他，指着城说："这是燕国的城。"那个人听了，凄怆惶恐，改变了面容。同行的人又指着土神庙说："这是你家乡的土神庙。"那个人于是深深悲叹。同行的人指着房屋说："这是你家祖先住过的房子。"那个人不禁潸然泪下。同行的人又指着一座坟墓说："这是你祖先的坟墓。"那个人哭得更是不能自止。同行的人见了，哈哈大笑，说道："我刚才是在骗你，这是晋国呀！"那人听了，大为羞愧。等到了燕国，真的见到了燕国的城墙社庙，真的见到了他祖先的房舍坟墓，悲伤的心情反倒变得微弱了。

孔子新论乐天知命

本章是《仲尼篇》第一章，它假托孔子之口，将儒家的“乐天知命”观改为道家的“乐天知命”观：“无乐无知，是真乐真知。”用道家的“无”来代替了儒家的“有”，根本否定儒家济世的功利目的和效用，“有”等于“无”，因此不必抛弃也不须革新《诗》、《书》礼乐。

仲尼闲居，子贡入侍①，而有忧色。子贡不敢问，出告颜回。

颜回援琴而歌，孔子闻之，果召回入。问曰：“若奚

① 子贡：孔子弟子，卫国人，在孔门弟子中以辞令著称。

独乐?”回曰:“夫子奚独忧?”孔子曰:“先言尔志。”曰:“吾昔闻之夫子曰:‘乐天知命故不忧’,回所以乐也。”孔子愀然有间曰:“有是言哉?汝之意失矣。此吾昔日之言尔,请以今言为正也。汝徒知乐天知命之无忧,未知乐天知命有忧之大也。今告若其实:修一身,任穷达,知去来之非我,亡变乱于心虑,尔之所谓乐天知命之无忧也。曩吾修《诗》《书》[1],正礼乐,将以治天下,遗来世;非但修一身、治鲁国而已。而鲁之君臣日失其序,仁义益衰,情性益薄。此道不行一国与当年,其如天下与来世矣[2]?吾始知《诗》《书》、礼乐无救于治乱,而未知所以革之之方。此乐天知命者之所忧。虽然,吾得之矣。夫乐而知者,非古人之所谓乐知也。无乐无知,是真乐真知。故无所不乐,无所不知,无所不忧,无所不为。《诗》《书》礼乐,何弃之有?革之何为?”颜回北面拜手曰:“回亦得之矣。”

出告子贡,子贡茫然自失,归家淫思七日[3],不寝不食,以至骨立[4]。颜回重往喻之,乃反丘门,弦歌诵书,终身不辍。

---

①《诗》《书》:《诗》即《诗经》,《书》即《尚书》。为最主要的两部儒家典籍。 ② 如:“如……何”的省略,怎么办。 ③ 淫思:深思。 ④ 骨立:瘦得只剩皮包骨骼。

【翻译】

仲尼闲居，子贡进去侍奉，见孔子面带忧色。子贡不敢问是怎么回事，就走出去告诉了颜回。

颜回拿过琴唱起歌来，孔子听到了歌声，果然召颜回进去。问他："你为什么一个人这么快乐呢？"颜回说："先生您为什么一个人这样忧愁呢？"孔子说："先说说你的心意。"颜回说："我过去听先生讲过，'乐天知命故不忧'，所以我感到快乐。"孔子凄然变了脸色，过了一阵，说道："有这个话么？你领会错了。这是我过去的话罢了，请以现在的话为准。你只知道乐天知命的没有忧愁，不知道乐天知命有其忧愁大的一面。现在我告诉你实际情况：修养自身，任其穷达，知道过去和未来不是现在的我，在内心的思虑中没有变故混乱，这是你所说的乐天知命的没有忧愁。过去我修订《诗》《书》，审订礼乐典章，为的是治理天下，并传之后世，并不只是为了修养自身、治理鲁国而已。可是鲁国的君臣却一天天失掉他们的秩序，仁义道德越发沦丧，人的性情越发浅薄。这种道在一个国家与当时的年代行不通，又怎么能推行到天下与后世呢？我由此知道《诗》《书》礼乐对于国家的治和乱并没有救济作用，然而我还不知道用来革新它的方法。这就是乐天知命的人的忧愁。虽然这样，我却找到方法了。我们所说的乐而知，不是古人所说的乐和知。无乐无知，这才是真乐真知。所以便能够无所不乐，无所不知，无所不忧，无所不为。这样，《诗》《书》礼乐，又有什么必要抛弃呢？革新它干什么呢？”颜回面向北拱手拜道：“我也明白啦。”

他出来告诉子贡，子贡听了，茫然自失，他回家深思了七天，不吃不睡，以至于瘦得皮包骨头。颜回又重新去开导他，他才又返回孔子门下，从此弦歌诵读，终身不止。

亢仓子屏耳目而视听

本章是《仲尼篇》第二章，它通过亢仓子的阐述，讲道家的持心获知之法。其持心方法的理论根据便是“无”。由体而心，由心而气，由气而神，由神而“无”，“无”是归结。这种获知方法的实质是在这样的心态下的直觉体验。

陈大夫聘鲁①，私见叔孙氏②。叔孙氏曰：“吾国有圣人。”曰：“非孔丘邪？”曰：“是也。”“何以知其圣乎？”叔孙氏曰：“吾常闻之颜回曰③，‘孔子能废心而用形④。’”

---

① 聘：国事访问。 ② 叔孙氏：春秋后期鲁国三大贵族之一。 ③ 常：通“尝”，曾经。 ④ 废心而用形：指处世接物只用形体不用心虑。

陈大夫曰:“吾国亦有圣人,子弗知乎?”曰:“圣人孰谓?”曰:“老聃之弟子有亢仓子者①,得聃之道,能以耳视而目听。”

鲁侯闻之大惊,使上卿厚礼而致之。亢仓子应聘而至。鲁侯卑辞请问之。

亢仓子曰:“传之者妄。我能视听不用耳目,不能易耳目之用。”鲁侯曰:“此增异矣。其道奈何?寡人终愿闻之。”

亢仓子曰:“我体合于心②,心合于气③,气合于神④,神合于无⑤。其有介然之有⑥,唯然之音⑦,虽远在八荒之外,近在眉睫之内,来干我者我必知之。乃不知是我七孔四支之所觉⑧,心腹六藏之所知⑨,其自知而已矣。”

鲁侯大悦。他日以告仲尼,仲尼笑而不答。

---

① 亢仓子:老子弟子,又叫庚桑楚,楚是其名。 ② 体合于心:使身体与心协调一致。 ③ 心合于气:使心与元气相协调。 ④ 气合于神:使元气契合于精神,道家所认为的精神,也是一种精微的物质,即精气。 ⑤ 神合于无:使精神会通于无。“无”就是排除一切思虑的虚静状态,也就是“道”。 ⑥ 介然之有:指极其细小的东西,一说,“有”当作“形”。 ⑦ 唯然之音:指极其轻微的声音。 ⑧ 七孔:七窍:指两目、两耳、两鼻孔与口。支:通“肢”。 ⑨ 六藏:心、肝、脾、肝、肾为五藏,肾有二藏,左肾、右命门,共六藏。藏,通“脏”。

【翻译】

陈国大夫至鲁国进行国事访问，私下里拜见叔孙氏。叔孙氏说："我们国家有个圣人。"陈国大夫说："不就是孔丘吗？"叔孙氏说："是的。""怎么就知道他是个圣人呢？"叔孙氏说："我曾经听颜回说过，'孔丘能够不用心虑而只用形迹处世。'"陈国大夫说："我们国家也有个圣人，你不知道吗？"叔孙氏问："圣人指的是谁呢？"陈国大夫说："老聃的弟子有个叫亢仓子的，他得到了老聃的道，能够用耳朵看，用眼睛听。"

鲁侯听说了，非常吃惊。就派遣上卿用厚礼招来亢仓子。亢仓子应聘前来，鲁侯言辞卑下，来向他问道。

亢仓子说："传说这些的人错了。我能够做到视听不用耳朵眼睛，而不能改变耳朵眼睛的功用。"鲁侯说道："这就更加稀奇了。这道术是怎么样的？我终究想听一听。"

亢仓子说："我让身体协调于心，让心应顺于气，让气契合于精神，让精神会通于无。如果有半点东西，有一点动静，那么它虽远在八荒之外，近在眉睫之间，只要来影响我的，我一定知道。就是不知道这是我的七窍四肢所觉察到的，是我的心腹六脏所察知的，它们只是自然而然地知道罢了。"

鲁侯听了非常高兴。有一天告诉给仲尼，仲尼听后笑而不答。

孔子论圣

本章是《仲尼篇》第三章。它让孔子也以道家的面孔来谈论圣人，三王、三皇、五帝及孔子自己都被排除出圣人之列，而那西方的无为之人，却被孔子“疑其为圣”，用来说明道家的“圣人”观。有的学者认为所谓西方圣人是指佛祖，这是魏晋时玄、佛合流的观点，可参考。

商太宰见孔子曰①：“丘圣者欤？”孔子曰：“圣则丘何敢，然则丘博学多识者也。”商太宰曰：“三王圣者欤？②”

① 商：指宋国，宋人为商人后裔，宋国又以商丘为都城，所以往往称宋为商。太宰：宋国宰相的职称。 ② 三王：指周文王、武王、成王。

孔子曰："三王善任智勇者，圣则丘弗知。"商太宰曰："五帝圣者欤[①]？"孔子曰："五帝善任仁义者，圣则丘弗知。"曰："三皇圣者欤[②]？"孔子曰："三皇善任因时者，圣则丘弗知。"商太宰大骇，曰："然则孰者为圣？"孔子动容有闲[③]，曰："西方之人有圣者焉[④]，不治而不乱，不言而自信，不化而自行，荡荡乎民无能名焉[⑤]。丘疑其为圣，弗知真为圣欤？真不圣欤？"商太宰嘿然心计曰[⑥]："孔丘欺我哉！"

【翻译】

宋国的太宰去拜见孔子，说："你是个圣人吗？"孔子说："圣人我哪里敢当，不过我倒是个博学多识的人。"太宰又问："三王是圣人吗？"孔子说："三王是善于任用智勇的人，是不是圣人我不知道。"太宰问："那么五帝是圣人吗？"孔子说："五帝是善于任用仁义的人，是不是圣人

① 五帝：一般说法是指黄帝、颛顼、帝喾、唐尧、虞舜等传说中的上古帝王（见《史记·五帝本纪》）。 ② 三皇：一般的说法是指伏羲、女娲、神农等传说中的三位远古帝王（见《风俗通义·皇霸》引《春秋纬运斗枢》）。 ③ 闲：通"间"，一段时间。 ④ 西方：指古代中国的西部地区。有的学者认为是指古代印度等西方异国，"圣人"指佛祖，即释迦牟尼，可证《列子》为魏晋人伪造的。可参考。 ⑤ 荡荡乎：广大阔远的样子。名：指称。 ⑥ 嘿（mò 墨）然：默默地。嘿，通"默"。

我不知道。”太宰再问：“那么三皇是圣人吗？”孔子说：“三皇是善于任用适应时代的人，是不是圣人我不知道。”宋太宰听了非常吃惊，说道：“那么谁是圣人呢？”孔子面目改色，过了一会儿，说：“西方有个圣人，不治理天下而天下不混乱，不说话而天下自然信任他，不教化而天下自然教化，恢宏广大，老百姓无法用语言来赞美他。我怀疑他是个圣人，不知道他真是圣人，还是真的不是圣人？”宋太宰听完这番话，心里暗暗盘算着说：“孔丘在欺骗我呀！”

孔子论四子

本章是《仲尼篇》第四章。它记述孔子对四位得意门生的评价，认为他们在某一方面都超过自己，但都有失于拘执而不知变通，所以总体不如孔子，只得侍奉孔子为门人。实际上，这是将儒家中庸之道解释为道家的权变思想，以玄说儒，使儒合玄。

子夏问孔子曰①："颜回之为人奚若②？"子曰："回之仁，贤于丘也。"曰："子贡之为人奚若③？"子曰："赐之辩，

① 子夏：孔子弟子，名卜商，字子夏。春秋时期卫国人。 ② 奚若：怎么样。 ③ 子贡：孔子弟子，姓端木，名赐，字子贡，春秋时期卫国人。

贤于丘也。”曰:“子路之为人奚若[1]?”子曰:“由之勇,贤于丘也。”曰:“子张之为人奚若[2]?”子曰:“师之庄,贤于丘也。”子夏避席而问曰:“然则四子者何为事夫子?”曰:“居!吾语汝。夫回能仁而不能反[3],赐能辩而不能讷,由能勇而不能怯,师能庄而不能同[4]。兼四子之有以易吾,吾弗许也。此其所以事吾而不贰也[5]。”

【翻译】

子夏问孔子说:“颜回这个人怎么样?”孔子说:“颜回的仁爱,比我孔丘好。”子夏问:“子贡这个人怎么样?”孔子说:“子贡的善辩,比我孔丘好。”子夏问:“子路这个人怎么样?”孔子说:“子路的勇敢,比我孔丘好。”子夏问:“子张这个人怎么样?”孔子说:“子张的庄重,比我孔丘好。”于是子夏离开座位问道:“那么这四个人为什么还侍奉先生?”孔子说道:“坐下!我告诉你,颜回他能够仁爱却不能够变通,子贡善辩却不能够木讷,子路勇敢却不能够怯懦,子张庄重却不能够随群。拿他们四个人的特长来跟我交换,我不答应。这就是他们侍奉我而没有二心的原因。”

---

① 子路:孔子弟子,名仲由,字子路,春秋时期鲁国人。② 子张:孔子弟子,姓颛孙,名师,字子张,春秋时期陈国人。③ 反:变通的意思。④ 同:指随同众人。⑤ 不贰:没有二心。

子列子好游

本章是《仲尼篇》第七章，子列子喜欢游赏，满足于观赏外物常新无故。壶丘子教导他把“求备于物”的“外游”改为“取足于身”的“内观”，足不出门，目不外观，什么都不游不观，结果“物物皆游”，“物物皆观”，达到“至游”。其实质是无为而无不为，无游而无不游，无观而无不观，是道家的自然无为的实践论的思想。

初，子列子好游。壶丘子曰：“御寇好游，游何所好？”列子曰：“游之乐，所玩无故[①]。人之游也，观其所

① 无故：没有陈旧的，常见新鲜。

见；我之游也，观其所变。游乎游乎！未有能辨其游者。”

壶丘子曰：“御寇之游，固与人同欤，而曰固与人异欤？凡所见，亦恒见其变。玩彼物之无故，不知我亦无故。务外游，不知务内观。外游者，求备于物；内观者，取足于身。取足于身，游之至也①；求备于物，游之不至也。”

于是列子终身不出，自以为不知游。壶丘子曰：“游其至乎！至游者②，不知所适；至观者，不知所眂③。物物皆游矣，物物皆观矣，是我之所谓游，是我之所谓观也。故曰：游其至矣乎！游其至矣乎！”

【翻译】

当初，子列子喜好出游。壶丘子问他：“御寇你喜好出游，出游中又喜好什么呢？”列子说：“出游的快乐，在于所游之处都是新鲜的而无旧物。别人的出游，只是观察他所看到的；而我的出游，却要观察事物的变化。出游啊，出游啊，还没有人能辨别出游之间的不同。”

壶丘子说：“御寇的出游，确是与别人一样的呢，却

---

① 至：顶点，最高层次。 ② 至游：最高的游赏。 ③ 眂（shì示）：古“视”字。

说本是与别人不一样的呢？凡是所看到的东西，也总是看到它们的变化。赏玩那外物的日新非旧，不知道我自身也日新非旧。着意于外物的游赏，不知道着意于内心观察。着意于外物游赏的人，对外物要求完美；着意于内心观察的人，从自身求得满足。从自身求得满足，是游赏中的最高层次；对外物要求完美，在游赏来说没有达到最高层次。”

于是列子终身不再出游，自认为不懂得游赏。壶丘子说：“游赏已经达到最高层次了吧。最高的游赏，不知道自己到哪里去；最高的观赏，不知道自己看的是什么。每样外物都可供游赏，每样外物都可供观察，这就是我所说的游赏，我所说的观赏。所以说：游赏已达到最高层次了吧，游赏已达到最高层次了吧！”

龙叔之疾

本章是《仲尼篇》第八章。它把宠辱不惊，得失不计，生死不辨，人兽不分等世人以为病态的行为看作是圣智的表现。道家主张“齐物”，所以在行为上要求人做到不以外物动心。

龙叔谓文挚曰①：“子之术微矣②。吾有疾，子能已乎？”文挚曰：“唯命所听。然先言子所病之证③。”

龙叔曰：“吾乡誉不以为荣，国毁不以为辱④；得而不喜，失而弗忧；视生如死，视富如贫；视人如豕，视吾如人；

① 龙叔：春秋时宋国人。文挚：相传为春秋时宋国良医，一说为战国时人。 ② 微：精微，喻高妙。 ③ 证：通“征”，征候。 ④ 毁：诽谤。

处吾之家，如逆旅之舍；观吾之乡，如戎蛮之国[①]。凡此众疾，爵赏不能劝，刑罚不能威，盛衰、利害不能易，哀乐不能移。固不可事国君，交亲友，御妻子[②]，制仆隶。此奚疾哉？奚方能已之乎？"

文挚乃命龙叔背明而立，文挚自后向明而望之。既而曰："嘻！吾见子之心矣：方寸之地虚矣[③]。几圣人也！子心六孔流通[④]，一孔不达。今以圣智为疾者，或由此乎！非吾浅术所能已也。"

【翻译】

龙叔对文挚说："你的医术是很精妙了。我有疾病，你能治吗？"文挚说："我听候您的吩咐。不过，您先说说您的病症。"

龙叔说："我对乡里的赞誉不以为光荣，全国的诽谤不以为耻辱；有所得不感到高兴，有所失不感到忧愁；把生看得跟死一样，把富看得跟穷一样；把人看得跟猪一样，我把自己看得跟别人一样；在我自己的家，就如同在旅店；看我的家乡，就如同戎族蛮族的国家一样。所有

---

① 戎蛮：古代西北的戎族，东南的蛮族，比喻边远民族。② 御：主宰。 ③ 方寸之地：指人心。 ④ 六孔：古人认为人心有七孔，通五官七窍。所以说"六孔流通，一孔不达"。

这许多病，封爵加赏也不能劝励我，施刑受罚也不能威胁我，盛衰之变、利害之理都不能改变我，哀乐之情也不能动摇我。这确实是不能侍奉君主，结交亲友，支配妻室，制服仆役。这是什么病啊？用什么方法能治好它呢？”

文挚于是让龙叔背对阳光站着，文挚从背后对着阳光透视龙叔的身体。然后说：“嘻！我看到您的心了：您的心里方寸之地已经空虚了。快要成为圣人了。您的心有六个孔已经流通，只有一个孔还没有通畅。现在您把圣智当作了病，或者是由于这个吧！这不是我浅薄的医术所能治愈的。”

物不至则不反

本章是《仲尼篇》第十章。它强调“物极必反”的道理。

目将眇者①，先睹秋毫②；耳将聋者，先闻蚋飞③；口将爽者④，先辨淄渑⑤；鼻将窒者，先觉焦朽⑥；体将僵者，先亟奔佚⑦；心将迷者，先识是非：故物不至者则不反⑧。

---

① 眇(miǎo 秒)：眼盲。 ② 秋毫：秋天鸟兽身上的细毛，比喻极细小之物。 ③ 蚋：蚊子。蚋飞比喻极轻微的声音。 ④ 爽：伤败。 ⑤ 淄渑：水名。淄水即今山东境内的淄河。渑水源出今山东临淄东北，久湮。 ⑥ 焦朽：东西焦坏的气味。 ⑦ 亟：通“急”，迫切。奔佚：奔逸。 ⑧ 反：转向相反的方向。

【翻译】

眼睛将要变盲的，先能察见秋鸟的细毛；耳朵将要变聋的，先能听到蚊子飞的声音；口味将要伤败的，先能辨别淄水渑水的不同；鼻子将要堵窒的，先能嗅到东西焦坏的气味；身体将要变僵的，先急着奔驰放逸；心智将要昏迷的，先能辨别是非：所以事情不走到极端就不会回反。

邓析戏伯丰子

本章是《仲尼篇》第十一章。邓析贬薄劳动群众是“受人养而不能自养者”的“犬豕之类”，而伯丰子的随从认为，劳动群众拥有各种专门人才，居高指使的执政者其实无知无能，根本不是养人与受人养的关系，更不是人与“犬豕之类”的区别，有力驳斥了邓析，使嘲弄者受到嘲弄。

郑之圃泽多贤①，东里多才②。圃泽之役有伯丰子

① 圃泽：郑国泽名，即《天瑞篇》中的“郑圃”。 ② 东里：郑国地名。在今河南新郑市内。

者①,行过东里,遇邓析②。邓析颈其徒而笑曰:"为若舞彼来者③,奚若?"其徒曰:"所愿知也。"

邓析谓伯丰子曰:"汝知养养之义乎④?受人养而不能自养者,犬豕之类也;养物而物为我用者,人之力也。使汝之徒食而饱,衣而息,执政之功也。长幼群聚,而为牢藉庖厨之物⑤,奚异犬豕之类乎?"

伯丰子不应。伯丰子之从者越次而进曰⑥:"大夫不闻齐鲁之多机乎⑦?有善治土木者,有善治金革者,有善治声乐者,有善治书数者,有善治军旅者,有善治宗庙者,群才备也。而无相位者⑧,无能相使者。而位之者无知,使之者无能,而知之与能为之使焉。执政者,乃吾之所使⑨,子奚矜焉?"

邓析无以应,目其徒而退。

【翻译】

郑国的圃泽多贤人,东里多才士。圃泽的弟子中有

---

① 役:指为贤人服役的弟子。伯丰子:列子的弟子。② 邓析:春秋时名家学派的代表人物,善诡辩,郑国人,做过大夫。③ 舞:戏弄。 ④ 养养:受人供养和供养他人。 ⑤ 牢:牲口圈。藉,这里指为牲口垫圈的草,牢藉泛指牲口圈。 ⑥ 越次:越过位次。 ⑦ 机:机巧。 ⑧ 位:通"莅",莅临,凌驾于他人之上。 ⑨ 吾之所使:指使我们。

个叫伯丰子的，他经过东里的时候，遇到了邓析。邓析回头看看他的弟子笑着说："我给你戏弄一下那个过来的人，怎么样？"弟子说："希望听听。"

邓析子对伯丰子说："你知道受人供养和供养外物的意思吗？受人供养而自己不能养活自己的，是猪狗之类；供养外物而使外物为我所用，这是人的力量。让你们这些人吃得能饱，穿暖衣服而休息，这是执掌政事的人的功劳。你们老少成群聚居在一起，却成了牢圈厨房中的东西，与猪狗又有什么差别呢？"

伯丰子没有答话。伯丰子的随从者越上前去说道："大夫没听说齐鲁之地有许多机巧之人吗？有的善于从事土木建筑，有的善于制造铜器皮革，有的擅长音乐舞蹈，有的擅长书法数学，有的善于带兵打仗，有的善于管理宗庙，群才兼备。然而没有莅临他人的人，没有能指使别人的人。那些莅临他人的人是无知的，指使别人的人是无能的，然而有知有能的人被他们指使。执掌政事的人，是指使我们的人，你又有什么可骄傲的呢？"

邓析听了，无言以对，看看他的弟子，就退下了。

公仪伯之力

本章是《仲尼篇》第十二章。公仪伯力弱，却以力大闻名，名不符实。他老师商丘子力大无比，却无人知晓，有实无名。商丘子求无名，不显能，而公仪伯违反师教，以能用力而得名，是显能。这故事皆在揭示名实的关系，求名的关键是显能，不在实；存实的根本是无为，不求名。它嘲讽了重虚名而不重实际的世俗名教。

公仪伯以力闻诸侯[①]，堂谿公言之于周宣王[②]，王备礼以聘之。

① 公仪伯：周朝时的隐者。 ② 堂谿公：周朝时的隐者。

公仪伯至，观形，懦夫也。宣王心惑而疑曰："女之力何如？"公仪伯曰："臣之力能折春螽之股①，堪秋蝉之翼②。"

王作色曰："吾之力能裂犀兕之革③，曳九牛之尾④，犹憾其弱，女折春螽之股，堪秋蝉之翼，而力闻天下，何也？"

公仪伯长息退席⑤，曰："善哉王之问也！臣敢以实对。臣之师有商丘子者⑥，力无敌于天下，而六亲不知，以未尝用其力故也。臣以死事之。乃告臣曰：'人欲见其所不见，视人所不窥；欲得其所不得，修人所不为。故学眎者先见舆薪⑦，学听者先闻撞钟。夫有易于内者，无难于外。于外无难，故名不出其一家。'今臣之名闻于诸侯，是臣违师之教，显臣之能者也。然则臣之名不以负其力者也，以能用其力者也。不犹愈于负其力者乎？"

【翻译】

公仪伯以力大闻名于诸侯，堂谿公把他告诉给周宣王。周宣王备了礼品聘请他。

---

① 春螽（zhōng 钟）：螽斯，一种形似蚱蜢的昆虫。 ② 堪：承受。 ③ 兕（sì 寺）：古代犀牛一类的兽名。 ④ 曳（yì 义）：拖。 ⑤ 长息：长叹。 ⑥ 商丘子：人名，公仪伯的老师。 ⑦ 眎：同"视"。

公仪伯来了，宣王看了看他的形象，是个懦夫。宣王心里犯了疑惑，问道："你的力气有多大？"公仪伯说："我的力量能够折断春天螽斯的腿，能够承受秋天的蝉的翅膀。"

宣王变了脸色说："我的力气能够撕裂犀牛的皮革，能够拽住九头牛的尾巴，还嫌太弱，你只是能折断春天螽斯的腿，能够承受秋天的蝉的翅膀，却以力大闻名天下，这是为什么？"

公仪伯长叹退下座位，说："好啊，大王的提问！我大胆地以实相告。我有位老师叫商丘子，他的力气无敌于天下，可是他所有的亲戚都不知道他，这是因为他从来没有使用过他的气力的缘故。我拼命去侍奉他。他才告诉我说：'人想要看见别人看不见的东西，就要视察别人一眼不看的东西；想要得到别人得不到的东西，就要去做别人一点不做的事情。所以学习视力的人要先看满车的柴草，学习听力的人要先听撞钟的声音。在自己内部做起来很容易，那么对外部来说就没有什么困难了。在外面做到不困难了，那么声名就传不出自己一家的范围了。'现在我的名声闻于诸侯，这是我违背了师教，在显示自己的能力。那么我的名声的获得不是因为自矜其力，而是因为使用了自己的力气。这不是还胜过那自矜其力的吗？"

关尹喜论道

本章是《仲尼篇》第十五章。这一章引用尹喜的言论，阐述道的特点和得道的途径，并且区别了有知有能的人与无知无能的物在自然无为上本质不同，指出了对道的“真知真能”，必须是“知而亡情，能而不为”，是自觉的无为，并非自发的表现。

关尹喜曰①：“在己无居②，形物其著。其动若水，其静若镜，其应若响。故其道若物者也③。物自违道，道不

① 关尹喜：姓尹名喜，战国时期的道家人物，曾为函谷关关尹。 ② 居：偏执。 ③ 若：顺从。

违物。善若道者，亦不用耳，亦不用目，亦不用力，亦不用心。欲若道而用视听形智以求之，弗当矣。瞻之在前，忽焉在后；用之弥满六虚①，废之莫知其所。亦非有心者所能得远，亦非无心者所能得近，唯默而得之而性成之者得之②。知而亡情，能而不为，真知真能也。发无知③，何能情④？发不能，何能为？聚块也，积尘也，虽无为而非理也。"

【翻译】

关尹喜说："自己不要有所偏执，那么外物自然显著。行动起来像流水，安静起来像明镜，反应起来像回响一样。所以这道是顺从物的。从来都是物背离道，道是不违背物的。善于体察道的人，也不用眼睛，也不用耳朵，也不用气力，也不用心思。想要顺应道而用视觉、听力、形象、智慧去求它，就不恰当了。明明看它在前面，忽然它跑到了后面；运用它就会充满天地之间，不用它就不知道它的所在。它也不是有心求它的人的能力可以疏远的，也不是无心寻它的人的能力可以接近的，

---

① 六虚：即"六合"，指天地四方。 ② 默而得之而性成之：默默领会到而本性能够成就它。 ③ 发无知：启发无知之人。 ④ 何能情：何以能兴情。

只有在静默中得到并且凭本性完成的人可以得到它。知道了却能够做到无情，有能力却不去做，这才是真正的知道，真正的能干。启发无知之物，怎么会产生感情？启发无能之物，怎么能够有所作为？那些聚集的土块，积累的灰尘，它们虽然无所作为，却不合理道。”

殷汤问夏革

本章是《汤问篇》第一章。它通过殷汤与夏革的问答，来阐明作者关于天地万物的思想。作者认为，事物在时间上无始无终，在空间上无极无尽，尽管在内质与外形上它无限丰富，差异悬殊，但是就自足其性而言，万物都是均等的，不可替代的，因而也就没有什么差别。

殷汤问于夏革曰①："古之初有物乎？"夏革曰：②"古初无物，今恶得物？后之人将谓今之无物，可乎？"

---

① 殷汤：商代开国之君，又称成汤，公元前十六世纪，他兴兵灭掉夏桀，建立商朝。 ② 夏革：字子棘，殷汤的大夫。

殷汤曰:"然则物无先后乎?"夏革曰:"物之终始,初无极已。始或为终,终或为始,恶知其纪①?然自物之外,自事之先,朕所不知也②。"

殷汤曰:"然则上下八方有极尽乎?"革曰:"不知也。"汤固问,革曰:"无则无极,有则有尽,朕何以知之?然无极之外复无无极③,无尽之中复无无尽。无极复无无极,无尽复无无尽,朕以是知其无极无尽也,而不知其有极有尽也。"

汤又问曰:"四海之外奚有?"革曰:"犹齐州也④。"汤曰:"汝奚以实之⑤?"革曰:"朕东行至营⑥,人民犹是也。问营之东,复犹营也。西行至豳⑦,人民犹是也。问豳之西,复犹豳也。朕以是知四海、四荒、四极之不异是也⑧。故大小相含,无穷极也。含万物者,亦如含天地。含万物也,故不穷;含天地也,故无极。朕亦焉知天地之表不有大天地者乎⑨?亦吾所不知也。然则天地亦物也。物

---

① 纪:头绪。 ② 朕(zhèn 振):第一人称代词,我,自己。 ③ 无极之外复无无极:无极之外就不再有无极了,意思是,既然是无极,那么就只能有一个。 ④ 齐州:指中央之国。 ⑤ 实:证明。 ⑥ 营:营州,古九州及十二州之一,地在今辽宁一带。 ⑦ 豳(bīn 宾):同"邠"古邑名,地在今陕西旬邑县彬县一带。 ⑧ 四海:义同天下。四荒:四方荒远之地。四极:四方极远的地方。 ⑨ 表:外面。

有不足，故昔者女娲氏练五色石以补其阙①，断鳌之足以立四极②。其后共工氏与颛顼氏争为帝③，怒而触不周之山④，折天柱⑤，绝地维⑥，故天倾西北⑦，日月星辰就焉；地不满东南⑧，故百川水潦归焉。”

汤又问：“物有巨细乎？有修短乎？有同异乎？”革曰：“渤海之东不知几亿万里，有大壑焉，实为无底之谷，其下无底，名曰归墟⑨。八纮九野之水⑩，天汉之流⑪，莫不注之，而无增无减焉。其中有五山焉。一曰岱舆，二曰员峤，三曰方壶，四曰瀛洲，五曰蓬莱。其山高下周旋三万里⑫，其顶平处九千里。山之中间相去七万里，以为邻居焉。其上台观皆金玉，其上禽兽皆纯缟⑬。珠玕之树皆丛生⑭，华实皆有滋味，食之皆不老不死。所居之人

---

① 女娲氏：古代神话传说中创造人类及补天的女神。阙：通“缺”。 ② 鳌（áo 熬）：传说中的海中大龟。 ③ 共工氏：古代传说中的天神。颛顼（zhuān xū 专须）氏：五帝之一，相传为黄帝之孙，昌意之子，号高阳氏。 ④ 不周之山：意为有缺口的山，古代神话传说中的山名。 ⑤ 天柱：神话传说中顶天立地的大柱，共有九根。 ⑥ 地维：神话传说中地的四角起固定作用的大绳用来维系。 ⑦ 天倾西北：天向西北倾斜。 ⑧ 地不满东南：地在东南发生倾陷。 ⑨ 归墟：指大海最深处，为众水所归。 ⑩ 八纮（hóng 宏）：八极，为大地的极限。九野：九州地域。 ⑪ 天汉：即银河。 ⑫ 高下周旋：上下周围。 ⑬ 缟：细白的生绢。 ⑭ 玕：一种似玉的美石。

皆仙圣之种[①]，一日一夕飞相往来者，不可数焉。而五山之根无所连著，常随潮波上下往还，不得暂峙焉。仙圣毒之，诉之于帝。帝恐流于西极，失群仙圣之居，乃命禺强使巨鳌十五举首而戴之[②]。迭为三番[③]，六万岁一交焉。五山始峙而不动。而龙伯之国有大人[④]，举足不盈数步而暨五山之所，一钓而连六鳌，合负而趣归其国，灼其骨以数焉[⑤]。于是岱舆、员峤二山流于北极，沈于大海，仙圣之播迁者巨亿计[⑥]。帝凭怒[⑦]，侵减龙伯之国使阨[⑧]，侵小龙伯之民使短。至伏羲、神农时，其国人犹数十丈。

“从中州以东四十万里得僬侥国[⑨]，人长一尺五寸。东北极有人名曰诤人[⑩]，长九寸。

“荆之南有冥灵者，以五百岁为春，五百岁为秋。上古有大椿者，以八千岁为春，八千岁为秋。朽壤之上有菌芝者，生于朝，死于晦。春夏之月有蠓蚋者，因雨而生，见阳而死。

“终北之北有溟海者，天池也，有鱼焉，其广数千里，

---

① 种：种子。 ② 禺强：神话传说中的北方之神。戴：顶着。 ③ 迭：轮流。三番：三批。 ④ 龙伯之国：神话传说中的大人国。 ⑤ 数：占卜。 ⑥ 播：流荡。 ⑦ 凭怒：大怒。 ⑧ 侵减：逐渐减少。阨：促阨。 ⑨ 僬(jiào 叫)侥(yáo 尧)：神话传说中的矮人国。 ⑩ 诤人：神话传说中的小人。

其长称焉①，其名为鲲。有鸟焉，其名为鹏，翼若垂天之云，其体称焉。世岂知有此物哉？大禹行而见之，伯益知而名之②，夷坚闻而志之③。江浦之间生么虫④，其名曰焦螟，群飞而集于蚊睫，弗相触也。栖宿去来，蚊弗觉也。离朱、子羽方昼拭眥扬眉而望之⑤，弗见其形；觿俞、师旷方夜擿耳俛首而听之⑥，弗闻其声。唯黄帝与容成子居空峒之上⑦，同斋三月，心死形废⑧，徐以神视，块然见之⑨，若嵩山之阿；徐以气听，砰然闻之，若雷霆之声。

“吴楚之国有大木焉，其名为櫾⑩。碧树而冬生⑪，实丹而味酸。食其皮汁，已愤厥之疾⑫。齐州珍之⑬，渡

---

①称：相副。②伯益：相传为舜时东夷部落的首领，因佐禹治水有功，禹要让位给他，他于是避居箕山之北。③夷坚：古代传说中博识多闻的人。④江浦：水滨。么虫：细小的昆虫。⑤离朱：传说中黄帝时代目力极好的人。子羽：古代目力好的人。眥（zì 字）：眼眶。⑥觿（zhì 至）俞：古代听觉灵敏的人。师旷：春秋时代晋国乐师，目盲而听力极好。擿（zhì 至）：搔。⑦容成子：一作“广成子”，传说为黄帝时人，居崆峒山中。空峒：即“崆峒”，山名，在今甘肃平凉市西，为泾水的发源地。⑧形废：指忘形。⑨块然：突兀显赫的样子。⑩櫾：同“柚”，柚子树。⑪冬生：当作“冬青”。⑫愤厥之疾：一种由于体内气结而引起的使人痉挛昏厥的病。⑬齐州：这里指中原地区。

淮而北而化为枳焉①。鸜鹆不逾济②，貉逾汶则死矣③，地气然也。

“虽然，形气异也，性钧已④，无相易已。生皆全已，分皆足矣⑤。吾何以识其巨细？何以识其修短？何以识其同异哉？”

【翻译】

殷汤问夏革说：“古时本来有物吗？”夏革说：“古时如果没有物，现在哪儿来的物？后来的人如果说现在没有物，行吗？”

殷汤说：“那么物没有先后之分吗？”夏革说：“万物的终始，原本是没有尽头的。开始或许是终极，终极或许为开始，又哪能知道它的头绪呢？不过从物存在的范围之外，从事发生的过程之前，我是不知道的。”

殷汤又问：“那么天地四方有尽头吗？”夏革说：“不知道。”殷汤坚持问，夏革说：“如果上下八方是没有的，

---

① 枳（zhǐ 旨）：一种似桔而小的果树。白花，果小味酸，不可食，可入药。 ② 鸜（qú 渠）鹆（yù 玉）：鸟名，即八哥。济，济水，古代四渎之一。源出河南济源王屋山，向南穿流黄河，再向东与黄河并行入海，流经今山东。已湮。 ③ 貉（hé 河）：一种似狸的哺乳动物。汶：读如“岷”，岷江。 ④ 钧：同“均”，均衡。 ⑤ 分：天分。

那么没有尽头;如果上下八方是有的,那么有尽头,我怎么知道?但无极之外不再有无极,无尽之中不再有无尽。无极不再有无极,无尽不再有无尽,我因此知道它是无极无尽的,而不知道它是有极有尽的。”

殷汤又问:“四海之外有什么?”夏革说:“就像中央地区一样。”殷汤说:“你怎么来证明它呢?”夏革说:“我向东走到营州,那里的百姓和这里一样。问及营州以东的情况,又和营州一样。我向西走到豳州,那里的百姓和这里一样。问及豳州以西的情况,又和豳州一样。我所以知道四海、四荒、四极与这里是没有什么两样的。所以大小互相包含,无穷无尽。包含万物的,就像包含天地一样。既然是包含万物,所以没有穷尽;既然是包含天地,所以没有极限。我又哪里知道天地之外没有大天地呢?这也是我所不知道的。那么天地也是一物。物总有不足,所以过去女娲冶炼五色石来补足它的缺口,斩断鳌的脚来确立四极。其后共工与颛顼争夺帝位,共工发怒撞向不周之山,折断天柱,断绝地维,所以天向西北倾斜,日月星辰向西北移动;地在东南发生亏缺,所以百川水潦全流归东南。”

殷汤又问:“物有大小吗?有长短吗?有同异吗?”夏革说:“在渤海的东面不知道几亿万里,有个大壑,它的下面没有底,名字叫做归墟。八荒九野的水,银河的水，无不注入，可它的水却不见增减。其中有五座山。一叫岱舆，二叫员峤，三叫方壶，四叫瀛洲，五叫蓬莱。这些山上下周围有三万里，山顶平坦处方圆九千里。山与山中间相距七万里，这就作为邻居。上面的亭台楼观都用金玉做成，上面的飞禽走兽都衣被纯缟。长满珠玉宝石的树丛生簇簇，花果都有美味，吃了都能让人长生不老。上面住的人都是仙人、圣人的种子，一早一晚飞来飞去的，不可胜数。而五座山的根脉不相连属，常常随着波涛浮动游移，得不到片时的稳定屹立。仙圣们为此苦恼，就去向天帝诉苦。天帝害怕它们飘流到西极去，失掉众位仙圣的住所，就命令禺强派十五只大鳌昂首顶住它们。三批轮流，六万年一交换。五座山才开始屹立不动。可是龙伯的国家有个巨人，他抬起脚没走几步就来到五座山前，一次就钓起六只鳌，将它们全部拿回自己的国家，烧灼它们的骨头用来占卜。从此岱舆、员峤两座山飘流到了北极，沉没到大海之中，仙圣们流迁的数以亿计。天帝大怒，他逐渐削减龙伯的国家使它变得狭窄，逐渐缩小龙伯的百姓使他们变得矮小。到了伏羲、神农的时候，这国的人还身高几十丈。

“从中央之国往东四十万里有个僬侥国，那里的人身高一尺五寸。东北极远的地方有叫做诤人的，身高九寸。

“荆州的南面有种冥灵，它把五百年作为一个春天，把五百年作为一个秋天。上古有大椿之树，它把八千年作为一个春天，把八千年作为一个秋天。腐烂的土壤上面生长的菌芝，早晨生，晚上死。春夏季节生长的蠓蚋，遇到雨才生，见到阳光就死。

“终北国的北方有溟海，是个天池，其中有一种鱼，它体宽几千里，身长与之相副，它的名字叫做鲲。其中有一种鸟，它的名字叫做鹏，翅膀就像从天上垂下的云彩，它的身体与之相称。世间哪里知道有这样的东西呢？大禹在路上走看到了它，伯益知道了为它命了名，夷坚听说了把它记录了下来。江滨生有一种小虫，名字叫做焦螟，它们成群结队地飞聚到蚊子的睫毛上，却不相碰触。在上面栖居来去，蚊子都察觉不到。离朱、子羽白天睁大眼睛观看，看不到它的形体；觥俞、师旷夜晚洗耳倾听，听不到它的声音。只有黄帝和容成子居住在空峒山上，一同修斋三个月，心如死灰，身形全忘，慢慢定神而视，才发现突兀显赫，一如嵩山一样高大，静静屏息而听，却原来砰然震耳，声如雷霆。

“吴楚的国家有种大树，名字叫柚。它碧绿常青，红色的果实，味道带酸。它的果皮汁，可以用来治疗气结的病。中央地区以此为宝，将它移种到淮河以北，它却化而为枳。八哥不过济水而生，貉越过岷江就会死掉，这是因为地气使然。

“虽然如此，事物的形体气质各不相同，可是它们的天性是均一的，是不能互相更易的。它们的生理都能完备，本分都能尽足。我怎么能够辨别它们的大小，怎么能够辨别它们的长短，怎么能够辨别它们的同异呢？”

愚公移山

本章是《汤问篇》第二章。这是一个非常有名的寓言，它富有深刻而积极的意义。它强调的是做事要有恒心。在可行的目标确立之后，只要持之以恒地去奋斗，险阻自会变成通途，奇迹会自然而然地出现。

太形王屋二山①，方七百里，高万仞，本在冀州之南②，河阳之北③。北山愚公者，年且九十，面山而居。

---

① 太形：即太行，山在山西高原与河北平原之间。王屋：山在山西阳城垣曲两县间。 ② 冀州：古九州之一，地辖今山西、河北西北部、河南北部、辽宁西部。 ③ 河阳：古县名，故地在今河南孟县。

惩山北之塞①，出入之迂也，聚室而谋曰："吾与汝毕力平险，指通豫南②，达于汉阴③，可乎？"杂然相许。

其妻献疑曰："以君之力，曾不能损魁父之丘④，如太形王屋何？且焉置土石？"杂曰："投诸渤海之尾，隐土之北⑤。"

遂率子孙荷担者三夫，叩石垦壤，箕畚运于渤海之尾⑥。邻人京城氏之孀妻有遗男，始龀⑦，跳往助之。寒暑易节，始一反焉⑧。

河曲智叟笑而止之曰⑨："甚矣汝之不惠⑩！以残年余力，曾不能毁山之一毛，其如土石何？"北山愚公长息曰："汝心之固，固不可彻⑪，曾不若孀妻弱子。虽我之死，有子存焉。子又生孙，孙又生子；子又有子，子又有孙；子子孙孙，无穷匮也。而山不加增，何苦而不平？"河曲智叟亡以应。

操蛇之神闻之⑫，惧其不已也，告之于帝。帝感其诚，

---

① 惩：苦于。 ② 豫南：豫州的南部，即今河南黄河以南的地带。 ③ 汉阴：汉水之南。 ④ 魁父之丘：小土山名，在今河南开封境内。 ⑤ 隐土：古地名，在中原的东北。 ⑥ 畚箕（běn 本）箕：簸箕；畚，一种盛土的筐。这里都用作动词。 ⑦ 龀（chèn 趁）：同"齔"，儿童换牙。 ⑧ 反：通"返"。 ⑨ 河曲：古地名，在今山西永济西的蒲州。 ⑩ 惠：通"慧"。 ⑪ 彻：通。 ⑫ 操蛇之神：山神，传说他手里拿着蛇。

命夸蛾氏二子负二山①，一厝朔东②，一厝雍南③。自此，冀之南、汉之阴无陇断焉④。

【翻译】

太行王屋两座大山，方圆七百里，高达万仞，本来是在冀州的南部，河阳的北面。北山有个叫愚公的，他年纪已近九十，面山而居。苦于山北道路的阻塞，来往的迂曲，他召集全家人商量说："我与你们一道尽全力平除险阻，使道路直通豫州南部，达到汉水之南，怎么样？"大家都纷纷答应。

他的妻子表示怀疑说："凭你的力量，连魁父这样的小土丘都不能削减，又能有什么办法动太行、王屋这样的大山呢？而且往哪里放土石呢？"家人都说："把它们扔到渤海的末端，隐土的北面。"

于是愚公就带着子孙挑担的三人，砸石挖土，用箕、畚把它们运到渤海的末端。邻居京城氏寡居的妻子有个小孩，刚刚七八岁，也跑着来帮助他们。他们从冬到夏，才有一次回返。

---

① 夸蛾氏：传说中的大力神。② 厝：通"措"，安置。朔：朔方，指今山西北部、内蒙古自治区一带。③ 雍：雍州，古九州之一。④ 陇：通"垄"，丘垄。断：阻隔。

河曲的智叟见状笑着制止他们说:“你真是太傻了!凭你这把老骨头,连大山的一根毫毛都动不了,对这些土石能有什么办法呢?”北山愚公长叹一声说道:“你真是顽固,顽固得不可开窍,竟然不如寡妇和小孩子。虽然我死了,还有儿子在。儿子又生孙子,孙子又有儿子;儿子又生儿子,儿子又有孙子;子子孙孙,没有穷尽。可是山却不会增高,何愁它不会削平呢?”河曲的智叟无言以对。

操蛇的山神听说了,害怕他们不停地挖下去,就禀报给天帝。天帝为他们的诚心所感动,于是命令夸蛾氏的两个儿子背上两座大山,一座放到朔方的东部,一座放到雍州的南部。从此以后,冀州的南部、汉水的南边不再有丘山阻隔。

大禹迷途

本章是《汤问篇》第五章，它描述传说的终北国，表现道家理想中的治世状态：自然风物圣洁美好，温和怡人，人的禀性得天之赐，随顺和平，不分君臣，不事耕织，一切都依恃自然，尽享天年之乐。一派世外桃源的景象，其实是对原始社会的向往。

禹之治水土也，迷而失塗①，谬之一国②。滨北海之北③，不知距齐州几千万里。其国名曰终北，不知际畔之

① 塗：通“途”。 ② 之：到，往。 ③ 北海：古时泛指北方最远的地区。

所齐限，无风雨霜露，不生鸟兽、虫鱼、草木之类。四方悉平，周以乔陟①。当国之中有山，山名壶领②，状若甔甀③。顶有口，状若员环④，名曰滋穴。有水涌出，名曰神瀵⑤，臭过兰椒⑥，味过醪醴⑦。一源分为四埒⑧，注于山下。经营一国⑨，亡不悉编。土气和，亡札厉⑩；人性婉而从物，不竞不争；柔心而弱骨，不骄不忌。长幼侪居⑪，不君不臣；男女杂游，不媒不聘；缘水而居，不耕不稼；土气温适，不织不衣；百年而死，不夭不病。其民孳阜亡数⑫，有喜乐，亡衰老哀苦。其俗好声，相携而迭谣，终日不辍音。饥惓则饮神瀵，力志和平。过则醉，经旬乃醒。沐浴神瀵，肤色脂泽，香气经旬乃歇。

周穆王北游过其国，三年忘归。既反周室，慕其国，慠然自失⑬。不进酒肉，不召嫔御者，数月乃复。

---

① 乔：高。陟：层叠的山。 ② 领：通“岭”。 ③ 甔（dān 单）甀（zhuì 坠）：瓦瓶。 ④ 员：通“圆”。 ⑤ 瀵（fèn 粪）：指从地底涌出的泉水。 ⑥ 兰椒：两种香草。 ⑦ 醪（láo 牢）醴（lí 里）：指香甜的美酒。 ⑧ 埒（liè 列）：山上的水流。 ⑨ 经营：这是指水回环盘绕，古代以南北为经，东西为营。 ⑩ 札厉：因瘟疫而死亡。 ⑪ 侪（chái 柴）居：同辈而居。 ⑫ 孳：繁殖。阜：繁多。 ⑬ 慠（chǎng 敞）然：失意的样子。

管仲勉齐桓公因游辽口①，俱之其国，几尅举②。隰朋谏曰③："君舍齐国之广④，人民之众，山川之观，殖物之阜，礼义之盛，章服之美，妖靡盈庭⑤，忠良满朝，肆咤则徒卒百万，视抝则诸侯从命⑥，亦奚羡于彼而弃齐国之社稷，从戎夷之国乎？此仲父之耄⑦，奈何从之？"桓公乃止，以隰朋之言告管仲。仲曰："此固非朋之所及也。臣恐彼国之不可知之也。齐国之富奚恋？隰朋之言奚顾？"

【翻译】

禹治理水土的时候，迷失了道路，错走到一个国家。它滨临北海的北面，不知道离中央之国有几千万里。它的国名叫终北，不知道它的疆界在哪里。那里没有风霜雨露，不生长鸟兽、虫鱼、草木。四方都很平坦，周围环绕着高山。在国家的中部有一座山，山名叫壶领，它的形状象瓦瓶。山顶有个山口，形状如圆环，名字叫做滋

---

① 管仲：春秋初期的政治家，相齐桓公，成为第一个春秋霸主。齐桓公：名小白，春秋初齐国国君，五霸之一。辽口：虚构的地名。 ② 尅(kè 克)：通"克"，能。 ③ 隰(xí 习)朋：春秋时齐国大夫，与管仲同为齐桓公辅臣。 ④ 舍：居有。 ⑤ 妖靡：艳媚的美女。 ⑥ 抝(huī 灰)：指挥。 ⑦ 仲父：即管仲，这是齐桓公对管仲的尊称。耄：老悖。

穴。有水从中涌流出来，水名叫做神瀵。它的气味胜过椒兰，味道胜过醪醴。从一个源头分出四道水流，流到山下。它流绕整个国家，无处不遍及。那里土气平和，没有瘟疫。人的品性温婉顺物，不相竞争；心柔骨弱，不骄傲不嫉妒。长幼不分辈份居住在一起，没有君臣之分；男女杂处交游，不用行媒，不要聘礼；逐水而居，不事耕种；气候温和适宜，不织布，不穿衣；人活百岁，不夭折，不生病。那里的百姓滋息无数，有欢喜快乐，没有衰老哀苦。这里的风俗喜欢音乐，相互邀约，轮番歌唱，整天不断音乐。饿了累了就饮神瀵，气力和心志都很平和。喝多了就醉，要过十天才能醒来。他们用神瀵来沐浴，肤色洁白光滑，香气要过十天才消歇。

周穆王北游时经过这个国家，居住三年，忘了归返。回到周朝之后，追慕这个国家，怅然自失。他不吃酒肉，不用嫔妃侍从，几个月才恢复过来。

管仲劝说齐桓公借游辽口之机，一起到这个国家去，几乎要成行。隰朋进谏说："君王拥有齐国广大的土地，众多的百姓，壮丽的山川，丰富的物产，隆盛的礼仪，华美的服饰，佳丽充宫，忠良满朝，大吼一声则从兵百万，指挥所向则诸侯听命，又有什么好羡慕那里而抛弃齐国的江山社稷，去到荒远异族之国的呢？这是仲父老糊涂了，为什么要听从呢？"桓公于是作罢，将隰朋的话告诉给管仲。管仲说:“这本来就不是隰朋所能理解的。我怕的是不能确切地知道那个国家。如若能知道,齐国的富贵又有什么好留恋的?隰朋的话又有什么好顾及的?”

南风北俗

本章是《汤问篇》第六章。它通过对南北各地风俗差异的描述，说明不同文化，千姿百态，但都有其形成的原因和存在的依据。

南国之人祝发而裸[①]，北国之人鞨巾而裘[②]，中国之人冠冕而裳。九土所资，或农或商，或田或渔，如冬裘夏葛，水舟陆车。默而得之，性而成之。

越之东有辄沐之国[③]，其长子生，则鲜而食之[④]，谓之宜弟[⑤]。其大父死[⑥]，负其大母而弃之，曰鬼妻不可以

① 祝发：断发。 ② 鞨（hé 禾）巾：头帕，这里用作动词。 ③ 辄沐之国：古代传说中的国名。 ④ 鲜：分解。 ⑤ 宜弟：于弟弟适宜。 ⑥ 大父：祖父。

同居处。

楚之南有炎人之国①，其亲戚死，㓦其肉而弃之②，然后埋其骨，迺成为孝子③。

秦之西有仪渠之国者④，其亲戚死，聚祡积而焚之⑤，燻则烟上，谓之登遐⑥，然后成为孝子。

此上以为政，下以为俗，而未足为异也。

【翻译】

南方的人剪发裸体，北国的人头包帕巾，身穿皮衣，中原一带的人戴着冠冕，穿衣束带。九州方土资助于人，人们或者务农，或者经商，或者田猎，或者捕鱼，就像冬天穿皮衣，夏天穿单衣，水行用船，陆行用车一样。在潜移默化中传承，随其本性形成上述种种。

越国的东面有个辄沐之国，那里第一个孩子出生了，就把他分着吃掉，叫做宜弟。谁的祖父死了，就要把他的祖母背着去扔掉，说鬼妻不可以与她一同居处。

楚国的南面有个炎人之国，那里谁的亲友死了，就把他的肉剔掉扔了，然后将骨头埋葬，这样才算孝子。

---

① 炎人之国：古代传说中的国名。 ② 㓦（guǎ 寡）：剔肉。 ③ 迺：同“乃”。 ④ 仪渠之国：“仪渠”又作“义渠”，古西戎国名，在今甘肃合水、正宁、环县、宁县、泾川等地。 ⑤ 祡：同“柴”。 ⑥ 登遐：指升天成仙。

秦国的西边有个仪渠之国，那里谁的亲友死了，就聚火焚烧，火焰燻腾，烟气上升，叫做登遐，这样做了才成为孝子。

这些在上位的作为政事，在下位的作为风俗，不值得感到奇怪。

孔子观小儿辩斗

本章是《汤问篇》第七章。孔子素以博学多闻著称，可他竟连两个小儿的辩斗也无法判定胜负，以此说明是与非的相对性，难以遽断。

孔子东游，见两小儿辩斗，问其故。一儿曰："我以日始出时去人近，而日中时远也。一儿以日初出远，而日中时近也。"一儿曰："日初出时大如车盖，及日中，则如盘盂，此不为远者小而近者大乎？"一儿曰："日初出沧沧凉凉①，及其日中如探汤，此不为近者热而远者凉乎？"孔子不能决也。两小儿笑曰："孰为汝多知乎②？"

---

① 沧沧凉凉：寒凉。 ② 为：通"谓"，说。

【翻译】

孔子向东游历，看到两个小孩在争辩，问他们争辩的原因。其中一个小孩说："我以为太阳刚出来时离人近，而中午时离人远。他以为太阳刚出来时离人远，而中午时离人近。"这个小孩接着说："太阳刚出来时像车盖那么大，到了中午，就像盘子那么大了，这不是离得远时小而离得近时大么？"另一个小孩说："太阳刚出来时天气凉飕飕的，到了中午热得像汤锅一样，这不是离得近时热而离得远时凉么？"孔子不能决断谁对错。两个小孩嘲笑他说："谁说你智慧多呢？"

匏巴鼓琴

本章是《汤问篇》第十章。它通过郑师文学琴的故事，说明音乐的动人，并非单纯技巧的效果，必须懂得乐理，领悟音乐与天时同步，才能得心应手，物美相感，获得神妙的艺术效果。

匏巴鼓琴而鸟舞鱼跃①，郑师文闻之②，弃家从师襄游③。柱指钧弦④，三年不成章。师襄曰："子可以归矣。"师文舍其琴，叹曰："文非弦之不能钩，非章之不能

① 匏(páo 袍)巴：又作"瓠巴"，传说中善于弹琴的人。 ② 郑师文：人名，春秋时郑国乐师。 ③ 师襄：又名"师襄子"，春秋时鲁国乐师，相传孔子曾跟他学琴。 ④ 柱指钧弦：按指调弦。"钧"通"均"。

成。文所存者不在弦，所志者不在声。内不得于心，外不应于器，故不敢发手而动弦。且小假之①，以观其后。”

无几何，复见师襄。师襄曰：“子之琴何如？”师文曰：“得之矣。请尝试之。”

于是当春而叩商弦以召南吕②，凉风忽至，草木成实。及秋而叩角弦以激夹钟③，温风徐回，草木发荣。当夏而叩羽弦以召黄钟④，霜雪交下，川池暴沍⑤。及冬而叩徵弦以激蕤宾⑥，阳光炽烈，坚冰立散。将终，命宫而总四弦⑦，则景风翔⑧，庆云浮⑨，甘露降，澧泉涌。

---

① 小假之：稍加宽暇。“小”通“少”。假，借贷。 ② 商：我国传统五声音阶的第二个音级。古人认为商音为金音，其声凄厉，与肃杀的秋气相应。南吕：古乐十二律的第十律，与八月（阴历，下同）相配，所以与商弦相谐。 ③ 角：五音的第三音。古人认为角音属木音，与春天相应。夹钟：十二律的第四律，与二月相配，所以与角音相谐。 ④ 羽：五音的第五音。古人认为羽音属水音，与冬天相应。黄钟：十二律的第一律，与十一月相配，所以与羽音相谐。 ⑤ 沍（hù 户）：冰冻。 ⑥ 徵（zhǐ 纸）：五音的第四音，古人认为徵音属火音，与夏天相应。蕤（ruí 锐阳平）宾：十二律的第七律，与五月相配，所以与徵音相谐。 ⑦ 宫：五音的第一音。总：总领。 ⑧ 景风：和暖的风。 ⑨ 庆云：五色云，古人以为祥瑞之气。

师襄乃抚心高蹈曰[①]："微矣子之弹也！虽师旷之清角[②]，邹衍之吹律[③]，亡以加之。彼将挟琴执管而从子之后耳。"

【翻译】

瓠巴弹琴引来鸟儿飞舞，鱼儿跳跃，郑师文听说有这种事，就离开家跟师襄游学。他按指调弦，三年也弹不成乐章。师襄对他说："你可以回去了。"郑师文放下琴，叹息着说："我不是不能调弦，不是不能成章。我所存念的不在琴弦上，我所向往的不在音声上。现在我在内心里得不到领悟，在外物的乐器上得不到反应，所以我不敢放手去拨动琴弦。请稍微再容些时候，看看我以后的表现。"

没过多久，他又去拜见师襄。师襄说："你的琴弹得怎么样了？"师文说道："我得到弹琴之道了，请让我试着弹给您听。"

---

① 抚心：拍打胸脯。抚，通"拊"，拍击。高蹈：跳跃。形容极为高兴的样子。 ② 师旷之清角：清角，用角音独奏的乐曲。相传师旷为晋平公演奏清角之音，一奏而白云起于西北，二奏风雨大至，三奏则裂幕飞瓦，晋国赤地三年。 ③ 邹衍：战国末期齐国人，阴阳学派思想家。相传邹衍吹奏乐律暖地，使北方不毛之地生出五谷。

于是在春天，他叩响了商弦以招致南吕乐调，这时凉风飘然而至，草木都长出果实。到了秋天，他叩响角弦以激发夹钟乐调，这时暖风慢慢吹来，草木开出花朵。正值夏天，他叩响羽弦以招致黄钟乐调，这时霜雪齐下，河塘一下子封冻。到了冬天，他叩响徵弦以激发蕤宾乐调，这时阳光变得炽热起来，坚冰立即消溶。快到终了的时候，弹奏宫弦总领四弦，这时和风飞扬，祥云浮动，甘露降临，甘泉喷涌。

于是师襄高兴得拍胸雀跃说："你的弹奏太精妙了！即使是师旷的奏清角，邹衍的吹律，也不比这更好。他们将拿着琴带着笙跟从在你后面了。"

伯牙鼓琴

本章是《汤问篇》第十二章。这是有名的“知音”故事。伯牙与钟子期，一个善于弹琴，一个善于听音。一个是感于外物，发至于音声；一个是辨于音声，探知万物。他们心心相通，结为知音，以致于钟子期死，伯牙不再弹琴。

伯牙善鼓琴①，钟子期善听②。伯牙鼓琴，志在登高山，钟子期曰：“善哉，峨峨兮若泰山！”志在流水，钟子期曰：“善哉，洋洋兮若江河！”伯牙所念，钟子期必得之。

---

① 伯牙：春秋时人，精于琴艺。② 钟子期：春秋时楚国人，精于音律，伯牙弹琴，钟子期知其音。

伯牙游于泰山之阴，卒逢暴雨，止于岩下，心悲，乃援琴而鼓之。初为霖雨之操①，更造崩山之音。曲每奏，钟子期辄穷其趣②。伯牙乃舍琴而叹曰："善哉！善哉！子之听夫③！志想像犹吾心也④。吾于何逃声哉⑤？"

【翻译】

伯牙善于弹琴，钟子期善于听音。伯牙弹琴，志在登高山，钟子期说："弹得好啊！巍峨高耸像泰山一样！"伯牙志在流水，钟子期说："弹得好啊，汪洋浩荡像长江黄河！"伯牙心中所念，钟子期一定知道它。

伯牙旅游到泰山之北，突然间遭逢暴雨，他躲到山岩下避雨，心中悲伤，于是拿起琴弹了起来。起初演奏了大雨的曲子，后来又奏起了高山崩塌的音乐。每支曲子奏完，钟子期立即能穷尽其意趣。伯牙于是丢下琴叹息着说："好啊！好啊！你的听力啊！你志意中所想象的就像我的心一样，我哪里能隐匿心声啊！"

---

① 操：琴曲的一种，曲调凄婉，多为抒发内心忧思而作。② 穷：尽知。③ 夫：通"乎"。④ 志：心志。⑤ 逃声：从声音中逃走，意为隐匿起自己的心声。

偃师之巧

本章是《汤问篇》第十三章。它通过巧匠偃师制造几乎可以乱真的机械木偶的故事，赞美了巧夺天工的精妙绝技，强调艺无止境，却肯定了技术的基本规矩。

周穆王西巡狩，越昆仑，不至弇山①。反还，未及中国，道有献工人名偃师②。穆王荐之③，问曰："若有何能？"偃师曰："臣唯命所试。然臣已有所造，愿王先观之。"穆王曰："日以俱来④，吾与若俱观之。"

---

① 不至弇（yān 淹）山："不"字为衍文。弇山，即崦嵫山，在今甘肃天水境内，古人以为日没之处。 ② 献工人：进献工巧之人。工，工巧。 ③ 荐：进。 ④ 日：别日，改天。

越日偃师谒见王，王荐之，曰："若与偕来者何人邪?"对曰："臣之所造能倡者①。"穆王惊视之，趣步俯仰，信人也。巧夫锁其颐②，则歌合律；捧其手，则舞应节。千变万化，唯意所适。王以为实人也，与盛姬内御并观之③。技将终，倡者瞬其目而招王之左右侍妾④。王大怒，立欲诛偃师。偃师大慑，立剖散倡者以示王，皆傅会革、木、胶、漆、白、黑、丹、青之所为⑤。王谛料之⑥，内则肝、胆、心、肺、脾、肾、肠、胃，外则筋骨、支节、皮毛、齿发，皆假物也，而无不毕具者，合会复如初见。王试废其心，则口不能言；废其肝，则目不能视；废其肾，则足不能步。穆王始悦而叹曰："人之巧乃可与造化者同功乎!"诏贰车载之以归⑦。

夫班输之云梯⑧，墨翟之飞鸢⑨，自谓能之极也。弟子东门贾、禽滑鳌闻偃师之巧以告二子⑩，二子终身不敢

---

① 倡者：歌舞伎。 ② 锁(qīn 亲)：撤动。 ③ 盛姬：周穆王的宠姬。 ④ 瞬：眨眼。 ⑤ 傅会：同"附会"，凑集。白、黑、丹、青：都是可作颜料的矿物。 ⑥ 谛料：仔细检视。 ⑦ 贰车：副车。 ⑧ 班输：即鲁班，姓公输，名班，春秋时鲁国人，我国古代著名巧匠，相传他首创攻城的长梯——云梯。 ⑨ 墨翟：春秋时期著名思想家，也是个巧匠，相传他制作的木鸢能在空中飞翔。 ⑩ 东门贾：鲁班弟子。禽滑鳌：墨家弟子，战国初人。

语艺，而时执规矩。

【翻译】

周穆王向西巡狩，越过昆仑山，到达弇山。然后返回，还没走到中原地带，途中碰到一个献技的巧匠名叫偃师。穆王让他上前来，问道："你有什么技能？"偃师说："臣听候您的吩咐叫试什么就试什么。不过臣已经制作好了一件东西，希望您先看一看。"穆王说："你改天带它一起来，我与你一同观看。"

第二天偃师去拜见穆王，穆王让他上前来，说："与你一同前来的那个人是谁呀？"偃师说："这是我制作的能歌舞的艺人。"穆王惊奇地观看，进退俯仰，就像真人一样。这个巧匠按动它的下巴，它的歌唱就合于声律；捧起它的手，它的舞蹈就合于节奏。千变万化，随心所欲。穆王以为是个真人，就与盛姬、侍御一同观赏。表演即将结束的时候，这个歌舞艺人眨着眼睛挑逗穆王的左右侍妾。穆王大怒，立刻要诛杀偃师。偃师非常惊恐，他立刻解剖这个歌舞艺人请穆王看个究竟，一看都是拼凑皮革、木头、胶、漆以及白、黑、丹、青等颜料矿物做成的。穆王仔细检视，里面的肝、胆、心、肺、脾、肾、肠、胃，外面的筋骨、四肢关节、皮毛、齿发，都是假的东西，却无不完备，合起来便又恢复如初。穆王试着拿掉它的心，口也就不能讲话；拿掉它的肝，眼睛也就不能看东西；拿掉它的肾，脚也就不能迈步。穆王这才高兴地感叹道："人的机巧竟然可以和造化有着同样的功效吗？"下令用副车将他带回国。

公输般制造的云梯，墨翟制造的飞鸟，都自以为是技能的极致。他们的弟子东门贾、禽滑釐听说了偃师的技巧就去告诉了他们，从此这两个人终身不再敢谈技艺之事，只是时时执守着他们的规矩。

造父学御

本章是《汤问篇》第十五章。造父是古代有名的善御之人。本章讲述他开始学御时老师泰豆氏向他传授的御车之道。同做其它事情一样，御车必须专心致志，做到心手相应。得之于心，发之于外，才会驾驭自如。

造父之师曰泰豆氏①。造父之始从习御也，执礼甚卑，泰豆三年不告。造父执礼愈谨，乃告之曰："古诗言，'良弓之子，必先为箕；良冶之子，必先为裘②。'汝先观吾

① 泰豆氏：古代传说中的善御者。 ② 良弓之子，必先为箕；良冶之子，必先为裘：这两句话是说做事须先练好基本功。语见《礼记·学记》，上下二句互倒。

趣①。趣如吾，然后六辔可持②，六马可御③。”造父曰：“唯命所从。”

泰豆乃立木为涂，仅可容足，计步而置，履之而行。趣走往还，无跌失也。造父学之，三日尽其巧。泰豆叹曰：“子何其敏也？得之捷乎！凡所御者，亦如此也。曩汝之行，得之于足，应之于心。推于御也④，齐辑乎辔衔之际⑤，而急缓乎唇吻之和⑥；正度乎胸臆之中⑦，而执节乎掌握之间⑧。内得于中心，而外合于马志，是故能进退履绳而旋曲中规矩⑨。取道致远而气力有余，诚得其术也。得之于衔，应之于辔；得之于辔，应之于手；得之于手，应之于心。则不以目视，不以策驱，心闲体正⑩，六辔不乱，而二十四蹄所投无差，回旋进退，莫不中节。然后舆轮之外可使无余辙，马蹄之外可使无余地。未尝觉山谷之崄⑪，原隰之夷⑫，视之一也。吾术穷矣，汝其识之！”

---

① 趣：快步行走。 ② 六辔：六根缰绳，古代一车四马，一马二辔，共有八辔，但握在手里的只有六根，故云六辔。 ③ 六马：古代天子所乘的车，一般是六马驾驭。 ④ 推：推及。 ⑤ 辑：和协。衔：马嚼子。 ⑥ 急缓乎唇吻之和：指嘴上的呼喝快慢有度。 ⑦ 正度：掌握分寸。 ⑧ 节：车节、马鞭。掌握：手中握持。 ⑨ 履绳：按绳墨行走，比喻走得很直。旋曲中规矩：回旋合乎规矩。 ⑩ 闲：闲适。 ⑪ 崄（xiǎn 险）：高险。 ⑫ 原：宽阔平坦之地。隰：低湿之地。

【翻译】

造父的老师叫泰豆氏。造父刚开始学驾车的时候，所执礼节很是谦卑，可是泰豆三年也没告诉他驾车之道。造父执礼越发恭谨，泰豆才告诉他说："古代的诗说：'好的弓匠的儿子，一定要先学习编织簸箕；好的冶匠的儿子，一定要先学习缝制皮衣。'你先看看我的快步走路。走路像我这样了，然后六辔才可操持，六马才可驾驭。"造父说："我就听从您的命令。"

泰豆于是竖起一根根木桩作为道路，仅仅能放下一只脚，计量步数安插木桩，踩着它们走。来回快走，也不见跌跤失足。造父学着做，三天就完全掌握了它的技巧。泰豆感叹道："你怎么这么聪敏？掌握得真快呵！凡是驾车，也像这样。方才你行走的时候，落脚得当，与心相应。推及到驾车上，就要在车辔马衔之间整齐协调，而由嘴唇口吻吆喝的和谐中控制快慢；在心胸中进行正确的调度，而在掌握鞭策之间执行节制。在心中得到内在的驾驭，而在马的志意上符合外在的要求，所以能够进退合于绳墨而旋转曲折合于规矩。行路致远而能够气力有余，这是因为确实掌握了驭车的技术。在马衔上有得，在马辔上就能适应；在马辔上有得，在手中就能适应；在手中有得，在心里就能适应。那么就不用眼睛看，不用鞭子赶，内心闲适，身体端正，六辔不杂乱，而二十四只马蹄的步调不会有差失，回旋进退，无不合于节度。然后驾车可以除了车轮所碾之外不再有多余的轨迹，除了马蹄所踏之外不再有多余的地方。不曾察觉山谷的深险和平地的坦荡，看起来都是一样的。我的驭术教完了，你好自记住吧！”

锟铻之剑，火浣之布

本章是《汤问篇》第十七章。锟铻之剑，切玉如泥；火浣之布，出火愈新，虽属不可思议之事，但人不能根据自己旧有的常识就否定新奇事物的存在，过于自信，往往陷于偏执，结果会歪曲事理。

周穆王大征西戎，西戎献锟铻之剑①，火浣之布②。其剑长尺有咫③，练钢赤刃④，用之切玉如切泥焉。火浣

① 锟铻之剑：古剑名，通作“昆吾”，因产于昆吾山而得名。 ② 火浣之布：石绵织成的布，用火可以烧去上面的污迹，故名。浣：洗。 ③ 咫：周制八寸为一咫，相当于今制六寸二分。 ④ 练钢：纯钢。练通“炼”。

之布，浣之必投于火，布则火色，垢则布色，出火而振之，皓然疑乎雪[1]。皇子以为无此物[2]，传之者妄。萧叔曰[3]："皇子果于自信[4]，果于诬理哉！"

【翻译】

周穆王大举兴兵征伐西戎，西戎献上锟铻之剑，火浣之布。那剑长有一尺六寸，由纯钢制成，红色的刀刃，用它切割玉就如同切泥一样。火浣之布，洗的时候一定要投到火里，布呈现出火的颜色，尘垢呈现出布的颜色，从火里拿出来抖一抖，洁白如雪。皇子以为没有这些东西，是传言者的妄传。萧叔说："皇子过于自信，结果在弯曲事理上也太坚定了！"

① 疑：通"拟"，类似。 ② 皇子：皇太子，指魏文帝曹丕。 ③ 萧叔：魏文帝同时代的人。 ④ 果：果决。

力命问答

本章是《力命篇》第一章。它将力与命(定数)拟人化,通过力与命的争论,揭露人生遭遇不取决于主观的力,而似乎由某种客观的命所主宰。但道家又认为没有某种类似上帝的命运之神在主宰一切,人及万物的生存发展是自然的天赋的。

力谓命曰:“若之功奚若我哉?”命曰:“汝奚功于物而欲比朕?”力曰:“寿夭、穷达、贵贱、贫富,我力之所能也。”命曰:“彭祖之智不出尧舜之上[1],而寿八百;颜渊之

① 彭祖:古代传说中的长寿之人,姓篯名铿,尧封之于彭城。在商为守藏史,在周为柱下史。

才不出众人之下，而寿十八。仲尼之德不出诸侯之下，而困于陈蔡①；殷纣之行不出三仁之上②，而居君位。季札无爵于吴③，田恒专有齐国④。夷、齐饿于首阳⑤，季氏富于展禽⑥。若是汝力之所能，奈何寿彼而夭此，穷圣而达逆，贱贤而贵愚，贫善而富恶邪？”

力曰：“若如若言，我固无功于物。而物若此邪，此则若之所制邪？”命曰：“既谓之命，奈何有制之者邪？朕直而推之，曲而任之。自寿自夭，自穷自达，自贵自贱，自富自贫，朕岂能识之哉？朕岂能识之哉？”

---

① 困于陈蔡：鲁哀公四年（公元前491年），孔子游于陈国、蔡国之间，楚国派人来聘请他，陈、蔡两国知道了，认为这样于自己不利，就一齐派兵将孔子围困起来，断粮多日。陈国地在今河南淮阳和安徽亳州一带。蔡国地在今河南上蔡、新蔡等地。 ② 三仁：指殷纣时的三位贤人，即微子、箕子、比干。 ③ 季札无爵于吴：季札，春秋时吴国公子，吴王寿梦的季子。寿梦想传位给他，他辞而不受。 ④ 田恒专有齐国：田恒，即田成子，又名田常。春秋时齐国的执政，他以大斗借贷、小斗收进的办法收买人心，逐步扩大势力。后来杀掉齐简公，拥立平公，自立为相，由此田氏掌握了齐的政权。 ⑤ 夷、齐饿于首阳：夷、齐，指伯夷和叔齐，商代孤竹君的两个儿子，他们先后逃君位到周国。武王伐纣，他们又逃到首阳山，不食周粟而饿死。首阳山在今山西运城市南。 ⑥ 季氏富于展禽：季氏，即季孙氏，春秋、战国时鲁国掌握政权的贵族。展禽：即柳下惠，春秋时鲁国大夫，以道德高尚著称。

【翻译】

力对命说:“你的功劳怎么比得上我啊!”命说:“你对于物有什么功劳而想和我相比?”力说:“人的长寿与短命,穷困与显达,贵与贱,贫与富,都是我力的能力造成的。”命说:“彭祖的智慧超不过尧舜,寿命却达八百年;颜渊的才能不在众人之下,寿命却只有十八岁。仲尼的德行不在诸位之下,却被围困于陈、蔡之间;殷纣的行为超不过三仁,却居有君位。季札在吴国没有爵位,田恒则专擅齐国。伯夷、叔齐饿死在首阳山,而季氏却比展禽富有。如果是你力的能力造成的,那为什么让那些人长寿而让这些人短命,让圣人遭受困窘而让逆臣得以显达,让贤人卑贱而让愚者高贵,让良善贫穷而让恶人富有呢?”

力说:“如果像你说的那样,我诚然是于事物无功。但事物像现在这个样子,这是不是你的主宰呢?”命说:“既然称为命,为什么还要有主宰它的问题呢?我对直的就推助,对曲的就随顺。人们自然长寿,自然短命,自然困窘,自然显达,自然显贵,自然卑贱,自然富有,自然贫穷,我难道能够知道这些啊!我难道能够知道这些啊!”

北宫子悟寐

本章是《力命篇》第二章。它是个寓言。北宫子与同族西门子的攀比，计较个人得失荣辱，受到东郭先生的启发教育，不计得失荣辱，变得陶然自乐。其实是宣扬顺乎自然的观点。

北宫子谓西门子曰[①]："朕与子并世也[②]，而人子达[③]；并族也，而人子敬；并貌也，而人子爱；并言也，而人子庸[④]；并行也，而人子诚；并仕也，而人子贵；并农也，而

---

① 北宫子、西门子：二人都是虚构的人物，意思是住在北屋的、住在西门的。 ② 世：一代，一辈。 ③ 人子达：人们使你显达。 ④ 庸：通"用"。

人子富；并商也，而人子利。朕衣则短褐，食则粢粝①，居则蓬室，出则徒行。子衣则文锦，食则粱肉，居则连欐②，出则结驷③。在家熙然有弃朕之心④，在朝谔然有敖朕之色⑤。请谒不及相⑥，遨游不同行，固有年矣。子自以德过朕邪？”

西门子曰：“予无以知其实。汝造事而穷⑦，予造事而达，此厚薄之验欤⑧？而皆谓与予并，汝之颜厚矣。”

北宫子无以应，自失而归。中途遇东郭先生⑨。先生曰：“汝奚往而反，偊偊而步⑩，有深愧之色邪？”北宫子言其状。东郭先生曰：“吾将舍汝之愧⑪，与汝更之西门氏而问之⑫。”

曰：“汝奚辱北宫子之深乎？固且言之。”

西门子曰：“北宫子言世族、年貌、言行与予并，而贱贵、贫富与予异。予语之曰：‘予无以知其实。汝造事而穷，予造事而达，此将厚薄之验欤？而皆谓与予并，汝之

---

① 粢粝：指粗劣的食物。粢：饭团。粝：粗米。 ② 连欐：指屋宇相连。欐，梁栋。 ③ 结驷：指车马相接。驷，四匹马驾的车。 ④ 熙然：怡乐的样子。 ⑤ 谔然：直言争辩的样子。 ⑥ 请谒不及相：请谒不一起去。 ⑦ 造事：遇事。 ⑧ 厚薄：指德行的厚薄。 ⑨ 东郭先生：虚构的人物。 ⑩ 偊（yǔ 禹）偊：同“踽踽”，独行的样子。 ⑪ 舍汝之愧：使你丢掉羞愧。 ⑫ 前“之”：到，往。

颜厚矣。'”

东郭先生曰：“汝之言厚薄不过言才德之差，吾之言厚薄异于是矣。夫北宫子厚于德，薄于命；汝厚于命，薄于德。汝之达，非智得也；北宫子之穷，非愚失也。皆天也，非人也。而汝以命厚自矜，北宫子以德厚自愧，皆不识夫固然之理矣。”

西门子曰：“先生止矣！予不敢复言。”

北宫子既归，衣其短褐，有狐貉之温；进其茙菽①，有稻粱之味；庇其蓬室，若广厦之荫；乘其筚辂②，若文轩之饰。终身逌然③，不知荣辱之在彼也，在我也。

东郭先生闻之曰：“北宫子之寐久矣④，一言而能寤，易悟也哉！”

【翻译】

北宫子对西门子说：“我与你是同辈人，人们却只使你显达；同属一族，人们却只敬重你；同样有容貌，人们却只喜爱你；同样是说话，人们却只听你的；同样在行事，人们却只相信你；同样是做官，人们却只认为你尊贵；同样务农，人们却只让你富有；同样经商，人们却只

---

① 茙（yóng 拥阳平）菽：大豆。 ② 筚辂：柴车。 ③ 逌（yóu 油）然：舒适自得的样子。 ④ 寐：沉睡。

让你获利。我衣服穿的是粗布衫，吃的是粗茶淡饭，住的是茅草屋，出门徒步走。你衣服穿的是绫罗锦缎，吃的是精米肉，住的是成排的大屋，出门是四马的乘车。在家里你怡然自得，有瞧不起我的意思；在朝廷你侃侃而谈，有傲视我的神色。请谒不带我去，周游不一起同行，这已历有年代了。你自以为德行超过我吗？”

西门子说：“我无从知道这是怎么回事。你遇事总是窘迫多难，我遇事总是顺利通达，这是德行厚薄的效验吧？可你却说都与我一样，你的脸皮可真厚了。”

北宫子无言以对，自我失落地回家。路上碰到东郭先生。东郭先生问：“你从哪里回来，一个人走路，带着很深的羞愧脸色呢？”北宫子说了刚才的情况。东郭先生说：“我将解除你的羞愧，跟你再到西门子那里问问他。”

东郭先生问西门子：“你为什么要这样尖刻地羞辱北宫子呢？姑且说说。”

西门子说道：“北宫子说他的辈分家族、年纪容貌、说话、做事都跟我一样，可是贵贱、贫富却与我不同。我告诉他说：‘我无从知道这是怎么回事。你遇事总是窘迫多难，我遇事总是顺利通达，这恐怕是德行厚薄的效验吧？可你却说都与我一样，你的脸皮可真厚了。’”

东郭先生说：“你谈论的厚薄不过是说才能德行的

差别，我谈论的厚薄则不是这样了。北宫子于德厚、于命薄，你于命厚、于德薄。你的通达，不是由于才智而获得的；北宫子的窘迫，不是由于愚笨而错失的。这都是上天造成的，不是人造成的。可是你却以命好来自傲，北宫子则以德高而自愧，都是不明了必然的事理了。”

西门子听了这番话，说道：“先生您不要说了，我不敢再说了。”

北宫子回去之后，穿着他的粗布衣裳，好像有狐皮袍子的温暖；吃着他的粗茶淡饭，好像有精米细面的滋味；住着他的茅草屋，好像有高楼大厦的荫护；乘坐他粗陋的柴车，好像坐着有华丽文饰的车子。终生怡然自得，不知道荣辱是在别人那里，还是在自己这里。

东郭先生听说了之后说：“北宫子的昏睡不醒已经很久了，一句话就能明白过来，他真容易觉悟啊！”

季梁得病

本章是《力命篇》第六章。得病当治，而季梁却听之自然。他斥可治者为庸医，以不治者为良医，而誉听任病渐者为神医。在他看来，“病”属于命，不由天、人、鬼，虽有“制之者”、“知之者”，而却不可知其为谁何。内容虽虚幻，文字则夸诞多姿。

杨朱之友曰季梁。季梁得病，七日大渐①。其子环而泣之，请医②。

季梁谓杨朱曰：“吾子不肖如此之甚，汝奚不为我歌

① 渐：指病情加剧。② 请医：“请”下当有“谒”字。

以晓之?”

杨朱歌曰:“天其弗识,人胡能觉?匪祐自天[1],弗孽由人。我乎汝乎,其弗知乎!医乎巫乎,其知之乎!”

其子弗晓,终谒三医。一曰矫氏,二曰俞氏,三曰卢氏,诊其所疾。

矫氏谓季梁曰:“汝寒温不节[2],虚实失度,病由饥饱色欲。精虑烦散,非天非鬼。虽渐,可攻也。”季梁曰:“众医也,亟屏之!”

俞氏曰:“汝始则胎气不足[3],乳湩有余[4]。病非一朝一夕之故,其所由来渐矣,弗可已也。”季梁曰:“良医也,且食之!”

卢氏曰:“汝疾不由天,亦不由人,亦不由鬼。禀生受形,既有制之者矣[5],亦有知之者矣。药石其如汝何?”季梁曰:“神医也,重贶遣之[6]!”俄而季梁之疾自瘳。

【翻译】

杨朱的朋友叫做季梁。季梁生了病,七天后病情大为加重。他的儿子们都围着他哭泣,要为他去请医生。

---

① 匪:通“非”。 ② 节:调节。 ③ 胎气:在母体中孕育时所禀受的精气。 ④ 乳湩(zhòng 重):乳汁。 ⑤ 制之者:制约它的东西,连同下面的“知之者”,都指“命”。 ⑥ 贶(kuàng 况):赐物。

季梁对杨朱说："我的儿子们如此不肖，你为什么不替我唱歌来开导他们？"

于是杨朱唱道："天都不知道，人又怎么能知晓？不是来自上天的保祐，也不是因为人的作孽。我啊你啊，都不知道啊！医生巫师，又能知道吗？"

季梁的儿子们不明白，终于请来了三位医生。一个叫矫氏，一个叫俞氏，一个叫卢氏。

矫氏对季梁说："你寒热不调，虚实失度，病因在饮食情欲上。精神心虑烦乱荒散，不是天的事也不是鬼的事。虽然严重，还可以治。"季梁说："是个庸医，赶快赶走！"

俞氏说："你从一开始就胎气不足，乳汁有余。病不是一朝一夕就得的，它由来已久，不再可治了。"季梁说："是个良医，且给他备饭！"

卢氏说："你的病不是由于天的缘故，也不是由于人的缘故，也不是由于鬼的缘故。自从禀承生命，接受形体，就有制约它的东西了，也有知道它的东西了。药石又能拿你怎么样呢？"季梁说："是个神医，多给他财物送走！"不久季梁的病自己就好了。

生非贵之所能存

本章是《力命篇》第七章。它是说人的存亡泰否都是“命”在自行起作用，人力是无法干预的。仍是在阐说命定论。

生非贵之所能存，身非爱之所能厚；生亦非贱之所能夭，身亦非轻之所能薄。故贵之或不生，贱之或不死；爱之或不厚，轻之或不薄。此似反也，非反也，此自生自死，自厚自薄。或贵之而生，或贱之而死；或爱之而厚，或轻之而薄。此似顺也，非顺也，此亦自生自死，自厚自薄。

鬻熊语文王曰①：“自长非所增，自短非所损，算之所

① 鬻熊：楚国祖先，曾为周文王之师。文王，即周文王。

亡若何?[①]”

老聃语关尹曰:“天之所恶、孰知其故?”言迎天意[②],揣利害,不如其已。

【翻译】

生命不是珍视它就能使它存在的,身体也不是爱护它就能使它厚实的;生命也不是贱待它就能使它夭亡的,身体也不是轻忽它就能使它虚弱的。所以珍视它或许不生,贱待它或许不死;爱护它或许不变得厚实,轻忽它或许不变得虚弱。这好像是相反的,其实不是相反,这是自然而然的生,自然而然的死;自然而然的加厚,自然而然的变薄。或者你珍视它它生存下来,或者你贱待它它恰好死掉;或者你爱护它它变得厚实,或者你轻忽它它变得虚弱。这好像是因顺的,其实并不是因顺,这也是自然而然的生,自然而然的死,自然而然的变得厚实,自然而然的变得虚弱。

鬻熊对周文王说:“自行增长不是人所能增加的,自行缩短不是人所能减损的,智谋在这里是无可奈何的。”

老聃对关尹说:“天所厌恶的东西,谁知道其中的原因呢?”是说推测天意,揣摩利害,不如作罢。

---

① 算:智算、谋划。 ② 迎:推测。

杨朱论名实

本章是《杨朱篇》第一章。杨朱之学是“为我”论，强调穷尽一身的快乐，不以外物累生，所以世人所追求的功名，在他是反对的。在本章中，他论述了功名的虚伪性。认为实本无名，名不由实，名的本质是虚伪的。指出人的求名，目的是谋利。

杨朱游于鲁，舍于孟氏。

孟氏问曰：“人而已矣，奚以名为？”曰：“以名者为富。”“既富矣，奚不已焉？”曰：“为贵。”“既贵矣，奚不已焉？”曰：“为死。”“既死矣，奚为焉？”曰：“为子孙。”“名奚益于子孙?”曰:“名乃苦其身,燋其心①。乘其名者②,泽及宗族,利兼乡党,况子孙乎?”

“凡为名者必廉,廉斯贫;为名者必让,让斯贱。”曰:“管仲之相齐也,君淫亦淫,君奢亦奢。志合言从,道行国霸,死之后,管氏而已。田氏之相齐也,君盈则己降,君敛则己施,民皆归之,因有齐国,子孙享之,至今不绝。”

“若实名贫③,伪名富④。”曰:“实无名,名无实。名者,伪而已矣。昔者尧、舜伪以天下让许由、善卷⑤,而不失天下,享祚百年⑥。伯夷、叔齐实以孤竹君让而终亡其国,饿死于首阳之山。实、伪之辩,如此其省也⑦。”

【翻译】

杨朱在鲁国旅游,住在一个姓孟的人家。

孟氏问他:“做个人就行了,何必还要名呢?”杨朱

---

① 燋:通“焦”,焦灼。 ② 乘:因有。 ③ 若:若然,如果这样。实名,名副其实,实实在在的名誉。 ④ 伪名:名不副实,虚假的名誉。 ⑤ 许由:相传是尧时隐士,尧以天下相让,他不接受,逃到箕山之下,尧又命他为九州长,他耻于听到,洗耳于颍水之滨。善卷:相传是舜时隐士,舜让以天下,他答以逍遥天地,心意自得而拒受。 ⑥ 祚(zuò 作):皇位。 ⑦ 省:清楚。

说:“用名来求得富有。”“既已富有了,为什么还不停止追求呢?”杨朱说:“为了获取高贵的地位。”“既已显贵了,为什么还不停止追求呢?”“为了死。”“人已经死了,还要名干什么呢?”说:“为了子孙。”“名对于子孙有什么益处呢?”“名使他自己的身体劳苦,心神焦虑。可是拥有了声名,就可泽被宗族,利及乡里,更何况是子孙呢?”

“凡是为名的人,一定廉洁,廉洁就贫穷;凡是为名的人,一定谦让,谦让就低贱。”杨朱说:“管仲在齐国为相,君主淫乐,他也跟着淫乐,君主奢侈,他也跟着奢侈。志意相合,言听计从,治道得行,齐国称霸。可是,他身死之后,只是管氏而已。田氏在齐国为相,君主骄盈,他就屈抑;君主聚敛,他就分施。这样老百姓都归顺了他,他于是掌有了齐国,子孙享用,至今不绝。”

“如果是这样,实在的名使人贫穷,而虚伪的名使人富有。”杨朱说:“实并没有名,名并没有实。名,只是虚假的罢了。从前尧、舜假装把天下让给许由、善卷,而没有失去天下,享有皇位一百年。而伯夷、叔齐真的把孤竹君位让了出去,结果丢掉了自己的国家,饿死在首阳山。真、伪的区分,是这样的清楚。”

杨朱曰百年人生

本章是《杨朱篇》第二章。它具体阐述了杨朱“为己”的学说，认为人生无异于重囚累梏，主张顺从本性，纵乐当身。

杨朱曰：百年，寿之大齐，得百年者千无一焉。设有一者，孩抱以逮昏老，几居其半矣。夜眠之所弭①，昼觉之所遗，又几居其半矣。痛疾哀苦，亡失忧惧，又几居其半矣。量十数年之中②，逌然而自得亡介焉之虑者③，亦亡一时之中尔。则人之生也奚为哉？奚乐哉？为美厚尔④，为声色尔。而美厚复不可常厌足，声色不可常玩

① 弭(mǐ 米)：停止。 ② 十数：以十计数。 ③ 亡介焉之虑：没有一点儿忧虑。 ④ 美厚：指佳衣美味。

闻，乃复为刑赏之所禁劝，名法之所进退，遑遑尔竞一时之虚誉，规死后之余荣①；偊偊尔顺耳目之观听②，惜身意之是非；徒失当年之至乐③，不能自肆于一时。重囚累梏④，何以异哉？太古之人知生之暂来，知死之暂往，故从心而动，不违自然所好；当身之娱非所去也，故不为名所劝。从性而游，不逆万物所好；死后之名非所取也，故不为刑所及。名誉先后，年命多少，非所量也。

【翻译】

杨朱说：百年，是人生的大限，得享百年之寿的，一千个人当中没有一个。假设这里有一个，他的孩童时代以及昏老年月，就几乎占去了一半。夜晚睡觉所用的时间，白天醒着时所丢失掉的时光，又几乎占去了一半。伤痛疾病，悲哀劳苦，损失过错，忧愁恐惧，又几乎占去了一半。算起来数十年当中，悠然自得没有半点忧虑的时光，恐怕连一时都没有了。那么人活着为的是什么呢？有什么乐趣呢？为的是佳衣美味了，为的是歌乐美色了。但佳衣美味又不能常常得到满足，歌乐美色不能常常观赏闻听，而又要受到刑罚奖赏的禁止劝勉，受到

---

① 规：确立。 ② 顺：通“慎”。 ③ 当年：有生之年。 ④ 重囚累梏：严加囚禁，重相桎梏。

名教法制的褒进贬退，急急忙忙地追求一时的虚荣，确立身后的余誉；孤零零地审视耳目的观听，顾惜一身己意的是非；白白失掉有生之年的最大快乐，一时一刻都不能使自己快意。严加囚禁，重相桎梏，与这有什么差别呢？远古的人知道生是暂时而来，知道死是暂时而去，所以随心所欲地行动，不违背自然本性的爱好；自身的及时娱乐不舍弃，所以不受名声的鼓励。顺从本性地游玩，不违背自然万物的爱好；死后的名声不是所要求取的东西，所以不受刑罚的干涉。名誉品评的先后，寿命享有的多少，远古人们是不计算的。

杨朱曰生死之道

本章是《杨朱篇》第六章。其主旨是说要从心恣性，尽生之乐，至于死后，则自可弃置不顾。与儒家的养生送死之义不同。

杨朱曰："古语有之：'生相怜①，死相捐②。'此语至矣。相怜之道，非唯情也，勤能使逸，饥能使饱，寒能使温，穷能使达也。相捐之道，非不相哀也，不含珠玉③，不服文锦④，不陈牺牲⑤，不设明器也⑥。

---

① 怜：爱恤。 ② 捐：舍弃。 ③ 不含珠玉：不给死者嘴里含珠玉。古时入殓，要把珠、玉、贝、米等物放在死者口中。④ 文锦：织有图纹的锦缎。 ⑤ 牺牲：古时用来祭祀的牲畜。⑥ 明器：古代用竹、木或陶土作的随葬器物。

“晏平仲问养生于管夷吾[1]，管夷吾曰：‘肆之而已，勿壅勿阏[2]。’晏平仲曰：‘其目奈何[3]？’夷吾曰：‘恣耳之所欲听，恣目之所欲视，恣鼻之所欲向，恣口之所欲言，恣体之所欲安，恣意之所欲行。夫耳之所欲闻者音声，而不得听，谓之阏聪；目之所欲见者美色，而不得视，谓之阏明；鼻之所欲向者椒兰，而不得嗅，谓之阏颤[4]；口之所欲道者是非，而不得言，谓之阏智；体之所欲安者美厚，而不得从，谓之阏适；意之所欲为者放逸，而不得行，谓之阏性。凡此诸阏，废虐之主[5]。去废虐之主，熙熙然以俟死，一日、一月、一年、十年，吾所谓养。拘此废虐之主，录而不舍[6]，戚戚然以至久生，百年、千年、万年，非吾所谓养。’

“管夷吾曰：‘吾既告子养生矣，送死奈何？’晏平仲曰：‘送死略矣，将何以告焉？’管夷吾曰：‘吾固欲闻之。’平仲曰：‘既死，岂在我哉？焚之亦可，沈之亦可，瘗之亦可[7]，露之亦可，衣薪而弃诸沟壑亦可，衮衣绣裳而纳诸石椁亦可[8]，唯所遇焉。’

---

① 晏平仲：即晏婴，春秋时齐国卿相。管夷吾：即管仲，春秋时齐桓公的卿相。② 阏（è 恶）：阻塞，遏止。③ 目：细目。④ 颤（shān 山）：鼻通。⑤ 废虐：毁坏残害。⑥ 录：检束。⑦ 瘗（yì 义）：埋葬。⑧ 衮衣：古代公卿穿的礼服。椁（guǒ 果）：套棺。

“管夷吾顾谓鲍叔、黄子曰①：‘生死之道，吾二人进之矣②。’”

【翻译】

杨朱说：“古语有道是：‘活着加以怜恤，死了就相抛弃。’这句话真是至理名言。怜恤之道，不单是感情，而是劳苦了能够让他得到安逸，饥饿了能够让他得到饱足，寒冷了能够让他得到温暖，窘困了能够让他得到通达。抛弃之道，不是不相哀悼，而是不给他嘴里含珠玉，不给他身上穿锦缎衣裳，不陈设牺牲供物，不设置冥器之类。

“晏平仲问管夷吾养生之道。管夷吾说：‘只要任从心意就行了，不要堵塞，不要遏制。’晏平仲说：‘详细说来是什么样的呢？’管夷吾说：‘任由耳朵想听什么，任由眼睛想看什么，任由鼻子想闻什么，任由嘴想说什么，任由身体安乐什么，任由心意想干什么。耳朵想听的是音声，却得不到听，这叫做遏制耳聪；眼睛想看的是美色，却得不到看，这叫做遏止明视；鼻子想闻的是椒兰的气味，却得不到闻，这叫做遏止鼻通；嘴想要说的是诸事的对错，却得不到说，这叫做遏止智慧；身体想要安处的是

① 鲍叔：即鲍叔牙，春秋时齐人，推贤管仲，同事桓公，遂成霸业。黄子：与管仲、鲍叔同时的齐国大夫。 ② 进：通“尽”。

美衣厚食，却得不到来路，这叫做遏止安适；心意所想的是放达奔逸，却得不到实现，这叫做遏止天性。凡是这些遏止，都是毁坏残害人的东西。去掉这些毁坏残害人的东西，和乐怡然地以待命终，活上一天、一月、一年、十年，也是我所说的养生。拘束于这些毁坏残害人的东西，自相检束，不敢舍弃，忧忧戚戚地长生永存，哪怕活上百年、千年、万年，也不是我所说的养生。'

"管夷吾说道：'我已经告诉你养生之道了，那送死该是什么样的呢？'晏平仲说：'送死很简单了，拿什么告诉你呢？'管夷吾说：'我就想听听。'平仲说道：'已经死了，又哪里由得了我呢？用火烧了也行，沉到水里也行，深埋入土也行，暴尸田野也行，用柴草裹起来扔到沟里也行，穿上锦绣衣裳放到石棺里也行，只看遇到什么了。'

"管夷吾回头对鲍叔、黄子说：'养生送死之道，我们两人已经说尽了。'"

子产相郑

本章是《杨朱篇》第七章。在本章中，他提供了一个极尽享乐的实例，以此倡言乐生，反对世人追求功名利禄。

子产相郑①，专国之政。三年，善者服其化，恶者畏其禁，郑国以治，诸侯惮之。

而有兄曰公孙朝，有弟曰公孙穆。朝好酒，穆好色。朝之室也聚酒千钟②，积麴成封③，望门百步糟浆之气逆

① 子产：春秋时郑国卿相，姓公孙，名侨，字子产。执掌国政，郑国得安。 ② 钟：古代容量单位，十釜为一钟。 ③ 麴（qū屈）：酒曲，酿酒时用的发酵物。封，土堆。

于人鼻。方其荒于酒也①,不知世道之安危,人理之悔吝②,室内之有亡,九族之亲疏,存亡之哀乐也。虽水火兵刃交于前,弗知也。穆之后庭比房数十,皆择稚齿婑媠者以盈之③。方其耽于色也,屏亲昵,绝交游,逃于后庭,以昼足夜,三月一出,意犹未惬。乡有处子之娥姣者,必贿而招之,媒而挑之,弗获而后已④。

子产日夜以为戚,密造邓析而谋之曰⑤:"侨闻治身以及家,治家以及国,此言自于近至于远也。侨为国则治矣,而家则乱矣。其道逆邪?将奚方以救二子?子其诏之⑥!"

邓析曰:"吾怪之久矣,未敢先言。子奚不时其治也⑦,喻以性命之重,诱以礼义之尊乎?"

子产用邓析之言,因间以谒其兄弟,而告之曰:"人之所以贵于禽兽者,智虑。智虑之所将者⑧,礼义。礼义成,则名位至矣。若触情而动,耽于嗜欲,则性命危矣。子纳侨之言,则朝自悔而夕食禄矣。"

朝、穆曰:"吾知之久矣,择之亦久矣,岂待若言而后识之哉?凡生之难遇而死之易及。以难遇之生,俟易及

---

① 方:当着。荒:沉湎。 ② 吝:耻辱。 ③ 稚齿:年少。婑(wǒ 我)媠(tuǒ 妥):美好。 ④ 弗:当为"必"字之误。 ⑤ 造:前往访问。 ⑥ 诏:告知。 ⑦ 时其治:及时管治。 ⑧ 将:扶持。

之死，可孰念哉？而欲尊礼义以夸人，矫情性以招名[1]，吾以此为弗若死矣。为欲尽一生之欢，穷当年之乐。唯患腹溢而不得恣口之饮，力惫而不得肆情于色，不遑忧名声之丑[2]，性命之危也。且若以治国之能夸物，欲以说辞乱我之心，荣禄喜我之意，不亦鄙而可怜哉？我又欲与若别之[3]。夫善治外者，物未必治，而身交苦；善治内者，物未必乱，而性交逸[4]。以若之治外，其法可暂行于一国，未合于人心；以我之治内，可推之于天下，君臣之道息矣。吾常欲以此术而喻之，若反以彼术而教我哉？”子产忙然无以应之[5]。

他日以告邓析。邓析曰：“子与真人居而不知也[6]，孰谓子智者乎？郑国之治，偶耳[7]，非子之功也。”

【翻译】

子产在郑国为相，专主国政。三年之后，善良的人服从他的教化，凶恶的人畏惧他的禁令，郑国因而得到治理，诸侯国都害怕它。

可是子产有个哥哥名叫公孙朝，有个弟弟名叫公孙

---

① 矫：矫饰。 ② 不遑：来不及，顾不上。 ③ 别：分辨。 ④ 交逸：充分放逸。 ⑤ 忙：通“茫”。 ⑥ 真人：本指修真得道的人，这里指本性率真的人。 ⑦ 偶：偶然。

穆。公孙朝爱好喝酒，公孙穆喜欢女色。公孙朝的家里聚集了千钟美酒，酒曲成堆，离门口百步远就觉得糟浆的气味扑鼻而来。当他沉湎于酒的时候，他不知道世事的安危，为人之道的悔愧耻辱，家室财产的存亡，九族的亲疏远近，存亡的忧欢。即使是水火兵刃一齐来到面前，也不知道。公孙穆的后庭有几十间房相连，都挑选妙龄美女来充斥。当他耽于女色的时候，他屏弃亲近，断绝交游，躲在后庭，夜以继日地寻欢作乐，三个月才出来一次，还觉得不满足。乡里若有面容姣好的处女，他一定要用财物来招致，派媒人引诱，非要弄到手才罢休。

子产为此日夜犯愁，他悄悄到邓析那里去和他商量，说："我听说治理自己而及于治家，治理一家以及于一国，这是说从近到远。我治理国家是治好了，可是家却乱了。是颠倒了这个由近到远的道理吗？用什么办法能救援这两个人呢？你快告诉我！"

邓析说："我对此感到奇怪已经很久了，没敢先说。你何不及时管治，晓以性命的重要，导以礼义的尊严呢？"

子产听从邓析的话，在闲暇的时候去看望他的兄弟，告诉他们说："人比禽兽高贵的原因，是有智虑。智虑所扶助的，是礼义。礼义成了，声名和地位就都有了。如果顺着情性办事，耽于嗜欲，那性命就会危险了。你们听我的话，那么早晨悔悟了，晚上就会吃上俸禄。”

公孙朝、公孙穆二人说：“我们知道这些已经很久了，选择这些也已经很久了，难道等待你说了才知道吗？总的说来，生难以遇到而死却容易来临。以难以一遇的生，等待容易到来的死，还有什么可顾念的呢？如果想尊隆礼义来夸耀于人，矫饰情性来邀得名誉，我们认为这还不如死了。人活着就要享尽一生的欢娱，穷尽有生之年的快乐。只怕肚子胀破而不能任由嘴来饮，精力疲惫而不能尽情于美色，顾不上担忧名声的丑恶，性命的危险呵。而且你凭借治国的才能炫耀于人，想用说辞来搅乱我们的心，用功名利禄来使我们高兴，这不也是可鄙而可怜的吗？我们又想为你分辨一下。善于治理外物的人，外物未必得到治理，可是身心却备受其苦；善于治理一身的，外物未必造成混乱，可是心性却得到充分安逸。用你治理外物的方法，那方法可以暂时施行于一个国家，却不合于人心；用我们治理一身的方法，却可推广到天下，使君臣之道止息了。我们常常想用这种办法开导你，你反而想用那种办法来教导我们吗？”子产听了，茫然无言以对。

有一天他将此事告诉了邓析。邓析说：“你和真人在一起却不知道，谁说你是个智者呢？郑国的得到治理，不过是偶然之事罢了，不是你的功劳。”

孟孙阳问杨朱

本章是《杨朱篇》第九章。它阐述杨朱的乐生说，主张“贵生爱身”，满足物欲，追求快乐，但不求长生，不求速死，而是听任自然，享其天年。

孟孙阳问杨朱曰①：“有人于此，贵生爱身，以蕲不死②，可乎？”曰：“理无不死。”“以蕲久生，可乎？”曰：“理无久生。生非贵之所能存，身非爱之所能厚。且久生奚为？五情好恶，古犹今也；世事苦乐，古犹今也；变易治

① 孟孙阳：杨朱的学生。② 蕲：通“祈”，希望。

乱，古犹今也。既闻之矣，既见之矣，既更之矣①，百年犹厌其多，况久生之苦也乎？”孟孙阳曰：“若然，速亡愈于久生；则践锋刃、入汤火，得所志矣②。”杨子曰：“不然。既生，则废而任之③，究其所欲，以俟于死。将死，则废而任之，究其所之，以放于尽④。无不废，无不任，何遽迟速于其间乎⑤？”

【翻译】

孟孙阳问杨朱说：“假如这里有个人，他珍视自己的生命，爱惜自己的身体，来求得不死，行吗？”杨朱说：“没有不死的道理。”“用来求得长生，行吗？”杨朱说：“没有长生的道理。生命不是珍视它就能使它存在的，身体不是爱护它就能使它厚实的。而且长生又干吗？人情的好恶，古代和今天一样；身体的安危，古代和今天一样；世事的苦乐，古代和今天一样；变易治乱，古代和今天一样。既已听到了，既已看到了，既然已经经历过了，那么活上百年还嫌它多，更何况是长生的痛苦呢？”孟孙阳说：“如果这样，那快点死去比长生要好；那么去踩剑锋刀刃，自投沸汤烈火，会得偿所愿了。”杨朱说道：“不是

① 更：经历。 ② 志：追求。 ③ 废：弃置不顾。 ④ 放：至。 ⑤ 遽迟速：突然使它变迟、加速。遽，急剧。

这样。既然已经出生了，就听之任之，穷尽欲望，等待一死。快要死了，就听之任之，随便生命走到哪里，以至于它消亡。无不弃置，无不听任，为什么要使它或变迟或加速呢？”

杨朱曰不以一毫利物

本章是《杨朱篇》第十章。它阐述杨朱拔一毛利天下而不为的观点。一方面，不以己捐物，另一方面，不以物助己，“悉天下奉一身不取也”，这种任运独治的观点，与道家无为而治的思想一致。

杨朱曰：“伯成子高不以一毫利物①，舍国而隐耕。大禹不以一身自利，一体偏枯②。古之人损一毫利天下，不与也；悉天下奉一身，不取也。人人不损一毫，人人不

① 伯成子高：即伯益。舜时东夷部落的首领。相传佐禹治水有功，禹想传位给他，他避居箕山之北。 ② 偏枯：指身体半瘫。

利天下，天下治矣。”

禽子问杨朱曰①：“去子体之一毛以济一世，汝为之乎？”杨子曰：“世固非一毛之所济。”禽子曰：“假济，为之乎？”杨子弗应。

禽子出语孟孙阳。孟孙阳曰：“子不达夫子之心，吾请言之。有侵若肌肤获万金者，若为之乎？”曰：“为之。”孟孙阳曰：“有断若一节得一国②，子为之乎？”禽子默然有间。孟孙阳曰：“一毛微于肌肤，肌肤微于一节，省矣。然则积一毛以成肌肤，积肌肤以成一节。一毛固一体万分中之一物，奈何轻之乎？”禽子曰：“吾不能所以答子。然则以子之言问老聃、关尹，则子言当矣；以吾言问大禹、墨翟，则吾言当矣。”孟孙阳因顾与其徒说他事。

【翻译】

杨朱说：“伯成子高不肯用自己的一根毫毛使外物得利，抛却王位，隐居耕种。大禹不肯用身体为自己谋利，以致造成半身瘫痪。古代的人损失自己的一根毫毛就能使天下得利，是不肯给的；倾尽天下来奉养自身，是不会拿的。人人都不损失一根毫毛，人人都不为天下谋利，那么天下就能得到治理。”

---

① 禽子：即禽滑釐，墨家弟子。 ② 一节：一段肢节。

禽子问杨朱说:"去掉你身体的一根毫毛来救济一世,你干吗?"杨子说:"天下本来就不是一根毫毛所救济得了的。"禽子说:"假如能够救济,你干吗?"杨子不回答。

禽子出来后告诉孟孙阳。孟孙阳说:"你不明白夫子的心,我来为你说说。假如你被损伤肌肤而能够获得万斤黄金,你干么?"回答说:"干。"孟孙阳又说:"假如你被切断一段肢体而能够获得整个国家,你干么?"禽子沉默了一会儿。孟孙阳说:"一根毫毛比肌肤轻微,肌肤比一段肢体轻微,这是清楚了。那么积累一根毫毛就能成为肌肤,积累肌肤就能成为一段肢体。一根毫毛固然只是身体的万分之一,又怎么能轻视呢?"禽子说:"我不能够回答你。不过拿你的话去问老聃、关尹,那你的话是对的;拿我的话去问大禹、墨翟,那我的话是对的。"孟孙阳于是回头跟自己的伙伴说别的事情。

杨朱曰治天下如运诸掌

本章是《杨朱篇》第十二章。这一章杨朱论述治国之道当从大处着手，不必拘于小节，所谓“治大不治细”也。

杨朱见梁王[①]，言治天下如运诸掌。梁王曰：“先生有一妻一妾而不能治，三亩之园而不能芸，而言治天下如运诸掌，何也？”

对曰：“君见其牧羊者乎？百羊而群，使五尺童子荷箠而随之[②]，欲东而东，欲西而西。使尧牵一羊，舜荷箠而随之，则不能前矣。且臣闻之：吞舟之鱼不游枝流[③]，

① 梁王：指梁惠王，战国时魏国国君。② 箠：鞭子。
③ 枝流：小河。

鸿鹄高飞，不集汙池①。何则？其极远也②。黄钟、大吕不可从烦奏之舞③，何则？其音疏也④。将治大者不治细，成大功者不成小，此之谓矣。”

【翻译】

杨朱进见梁惠王，声称治理天下如在手掌上运转东西。梁王说：“先生有一个妻子一个妾都不能调治，有三亩田园都不能耕耘，却说治理天下像在手掌上运转东西一样容易，这是为什么呢？”

杨朱回答说：“大王看见牧羊的了吧？百羊成群，让五尺童子拿着鞭子跟在后面，那么想往东就往东，想往西就往西。可是让尧牵着一头羊，让舜拿着鞭子随其后，也就不能前进一步了。而且我听说：吞舟的巨鱼不在小河中遨游，鸿鹄高高飞翔，不在水池之上停步。这是为什么呢？是因为它们的目标远大。黄钟、大吕不可配以节奏繁促的舞蹈，为什么呢？是因为它的音节疏缓。将要治理大局的人不治理细节，将要成就大业的人不成就小功，就是说的这个道理。”

---

① 汙池：蓄水池。 ② 极：所至，目标。 ③ 黄钟、大吕：形容浩大的乐音。烦奏：节奏细碎。 ④ 疏：疏缓。

杨 朱 论 人

本章是《杨朱篇》第十四章。这里杨朱也论述了"至人为公"的观点，他主张：人固然应该以存己全生为务，但却不可将自身和外物私自占有，因为这是属于天地自然的东西，人只有在自然的赋予下持养自身，却不能将其归为己有，应该任由自然的运化。

杨朱曰："人肖天地之类①，怀五常之性②，有生之最灵者也。人者，爪牙不足以供守卫，肌肤不足以自捍御，

① 肖天地之类：与天地的类别相似。 ② 五常之性：指仁、义、礼、智、信五种情性。常，恒常。

趋走不足以从利逃害，无毛羽以御寒暑，必将资物以为养，任智而不恃力。故智之所贵，存我为贵；力之所贱，侵物为贱。然身非我有也，既生，不得不全之；物非我有也，既有，不得而去之。身固生之主，物亦养之主。虽全生，不可有其身；虽不去物，不可有其物。有其物，有其身，是横私天下之身①，横私天下之物。不横私天下之身，不横私天下物者，其唯圣人乎！公天下之身，公天下之物，其唯至人矣！此之谓至至者也②。”

【翻译】

杨朱说：“人似天地间的其他类别，怀持五常的秉性，在生命中是最为灵异的。人，他的四肢牙齿不足以作防守护卫之用，肌肤不足以自我捍卫抵御，他奔跑不足以趋利避害，没有毛羽来抗御寒暑，一定要凭借外物来资养，任用智慧而不依恃气力。所以智慧可贵的地方，在于它能保存自我；气力所贱的地方，在于它侵犯外物。然而身体不是我所有的，既然已经降生，就不得不保全生命；外物非我所有，既然已经拥有，就不能把它抛弃。身体固然是生命的主体，外物也是持养的主体。可是虽然是保全生命，却不能私自占有一身；虽然不抛弃

① 横私：粗暴地占有。 ② 至至：达到道德的最高境界。

外物，却不可私自占有外物。占有外物，占有一身，这是粗暴地占有属于天下的身体，粗暴地占有属于天下的品物。不粗暴占有属于天下的身体，不粗暴占有属于天下的品物，只有圣人能够做到吧！把属于天下的身体作为公有，把属于天下的品物作为公物，只有至人能够做到吧！这是说达到了道德的最高境界。”

杨朱论名

本章是《杨朱篇》第十六章。杨朱认为，人应该满足于自身物欲，但不可贪得无厌；又认为，名可以获尊荣而得逸乐，为此，名虽然不依附实，却可以保留，可以追求，但不应被求名拖累而愁苦。

杨朱曰："丰屋美服，厚味姣色，有此四者，何求于外？有此而求外者，无厌之性。无厌之性，阴阳之蠹也①。

"忠不足以安君，适足以危身；义不足以利物，适足

① 阴阳：指阴阳性命。

以害生。安上不由于忠，而忠名灭焉；利物不由于义，而义名绝焉。君臣皆安，物我兼利，古之道也。

“鬻子曰：‘去名者无忧。’老子曰：‘名者实之宾。’而悠悠者趋名不已①。名固不可去，名固不可宾邪？今有名则尊荣，亡名则卑辱；尊荣则逸乐，卑辱则忧苦。忧苦，犯性者也②；逸乐，顺性者也。斯实之所系矣③，名胡可去，名胡可宾？但恶夫守名而累实。守名而累实，将恤危亡之不救④，岂徒逸乐忧苦之间哉？”

【翻译】

杨朱说：“高大的房屋，华美的衣服，丰厚的滋味，姣好的容色，有了这四种东西，对于外物还有何求？有了这些东西还向外索求，那是贪得无厌的习性。贪得无厌的习性，是性命的蛀虫。

“忠不足以安定君主，恰是足以危及自身；义不足以利济外物，恰是足以损害生命。安定君主不由于忠道，那么忠的名声就消灭了；利济外物不由于义道，那么义的名声就断绝了。君臣都能获得安定，物我都能获得利益，这是古时的原则。

---

① 悠悠：众多的样子。 ② 犯：违犯。 ③ 系：系结、关联。④ 恤：担忧。

"鬻子说:'抛弃名声的人没有忧虑。'老子说:'名是实的宾从。'可是众多的人却不停地追逐声名。名本来不可以抛弃,名本来不可以当作宾从吗?现在有了名就获得尊荣,没有名就招致卑辱;尊荣就安逸快乐,卑辱就忧愁困苦。忧愁困苦,是违犯了人的本性的;而安逸快乐,是顺从人的本性的。这是实所关联的,名又怎么可以去掉,怎么可以当作宾从呢?但是应该厌弃那拘守名而连累实的作法。拘守名而连累实,人们将要担忧他的危亡的不可救药,其痛苦又哪里只是在安逸快乐与忧愁困苦之间呢?"

子列子学于壶丘子林

本章是《说符篇》第一章。它阐述道家的操行原则，认为人的言行节操应遵守道的法则：保持后进而取得先进，重视影响而经受考验，重道轻利而获得尊敬。

子列子学于壶丘子林，壶丘子林曰："子知持后①，则可言持身矣。"列子曰："愿闻持后。"曰："顾若影，则知之。"列子顾而观影：形枉则影曲，形直则影正。然则枉直随形而不在影，屈申任物而不在我②。此之谓持后而处先。

---

① 后：随后的东西。 ② 申：通"伸"。

关尹谓子列子曰："言美则响美①，言恶则响恶；身长则影长，身短则影短。名也者，响也；身也者②，影也。故曰：慎尔言，将有和之；慎尔行，将有随之。是故圣人见出以知入，观往以知来，此其所以先知之理也。度在身③，稽在人④。人爱我，我必爱之；人恶我，我必恶之。汤武爱天下，故王；桀纣恶天下，故亡；此所稽也。稽度皆明而不道也，譬之出不由门，行不从径也。以是求利，不亦难乎？尝观之神农、有炎之德⑤，稽之虞、夏、商、周之书，度诸法士贤人之言⑥，所以存亡废兴而非由此道者，未之有也。"

严恢曰⑦："所为问道者，为富，今得珠亦富矣，安用道？"子列子曰："桀、纣唯重利而轻道⑧，是以亡。幸哉余未汝语也。人而无义，唯食而已，是鸡狗也。强食靡角⑨，胜者为制，是禽兽也。为鸡狗禽兽矣，而欲人之尊己，不可得也。人不尊己，则危辱及之矣。"

---

① 响：回声。 ② 身也者："身"当为"行"之误。 ③ 度：准则。 ④ 稽：考察、验证。 ⑤ 神农：即神农氏。有炎：有炎氏，即炎帝。 ⑥ 诸：之于。 ⑦ 严恢：人名，未详。 ⑧ 桀、纣：夏桀和商纣，都是亡国之君。 ⑨ 强食靡角：用强力相斗以争食。"靡"读为"摩"，靡角即角斗。

【翻译】

子列子就学于壶丘子林，壶丘子林说：“你知道保持后进，就能够保持自身了。”列子说道：“希望能听听什么叫保持后进？”壶丘子林说：“回头看看你的影子，就知道了。”列子回过头看自己的影子：身体不正那么影子就弯曲，身体直立那么影子就端正。那么不正与端直都是随从身体而不在影子，屈折舒展都是听凭于外物而不在于我。这就叫做保持后进而占有先进。

关尹对子列子说：“说话美那么回响也美，说话恶那么回响也恶；身体高就影子长，身体矮就影子短。名声，是回响；行为，是影子。所以说：慎重你的说话，因为别人将有和应；慎重你的行为，因为别人将要跟随。所以圣人见到出就知道入，观察以往就知道将来，这就是他们能有先见之明的道理。准则在自己，稽查在他人。别人爱我，我一定爱别人；别人恨我，我一定恨别人。汤武爱天下之人，所以得以称王；桀、纣憎恶天下之人，所以招致灭亡，这就是他们的验证。稽查准则都已明了却不合道义，就好像出去不从门走，行走不遵循道路一样。以此来求得利益，不是很难的吗？曾经观察神农氏、炎帝的德行，稽查虞、夏、商、周的典籍，以法度之士、贤人的言论为准则来衡量，导致存亡兴废而不由此道的，从未有过。”

严恢说："人所以要问道，是为了求富，现在得到珍珠也富了，哪里用得着道?"子列子说："夏桀、商纣只是看重利益而轻视道，因此导致灭亡。幸好我还没跟你讲。人如果不讲义，只知道吃，这是鸡狗。为求食而强力争斗，胜者来统治，这是禽兽。行为像鸡狗禽兽，却想让别人尊重自己，这是办不到的。别人如果不尊重自己，那么危险耻辱就会到来了。"

列子学射

本章是《说符篇》第二章。它是说做事要究明原因，与前一章的注意影响一样，都是讲重视与事物本身相关联的问题。

列子学射中矣，请于关尹子①。尹子曰："子知子之所以中者乎？"对曰："弗知也。"关尹子曰："未可。"退而习之。三年，又以报关尹子。尹子曰："子知子之所以中乎？"列子曰："知之矣。"关尹子曰："可矣，守而勿失也。非独射也，为国与身亦皆如之。故圣人不察存亡而察其所以然。"

---

① 请：告知。

【翻译】

列子学习射箭能够射中了，去告知关尹子。尹子说："你知道你所以射中的原因了吗？"列子答道："不知道。"关尹子说："还不行。"列子于是退下去继续练习。三年之后，又来报知关尹子。尹子说："你知道你所以射中的原因了吗？"列子说："知道了。"关尹子说："行了，你守住它不要失去。不光是射箭，治国修身也都像这样。所以圣人不观察事物的存亡而观察其存亡的原因。"

宋人为楮叶

本章是《说符篇》第四章。它强调道化之力的无边，批评智巧的有限。

宋人有为其君以玉为楮叶者①，三年而成。锋杀茎柯②，毫芒繁泽③，乱之楮叶中而不可别也。此人遂以巧食宋国。子列子闻之，曰："使天地之生物，三年而成一叶，则物之有叶者寡矣。故圣人恃道化而不恃智巧。"

---

① 楮(chǔ 楚)叶：构树叶、似桑叶，多有涩毛。 ② 锋杀：即"丰杀"，指肥瘦得体。茎：茎脉。柯：叶柄。 ③ 毫芒繁泽：指楮叶上的细毛繁多而有光泽。

【翻译】

宋国有个人为国君用玉制作楮叶，三年制成了一片。叶上茎脉叶柄肥瘦得体，细毛繁多且有光泽，把它放在真的楮叶当中无法再辨别。这个人从此就靠此技巧食禄于宋国。子列子听说了这件事，说道："假如天地生成万物，三年才生出一片叶子，那么东西能长叶的就很少了。所以圣人依恃道的教化而不依恃智巧。"

鲁施氏有二子

本章是《说符篇》第六章。它通过鲁施氏之子成功与孟氏之子失败的遭遇，指出任何事物都在变化，处世行事必须审时度势，相机而动，发挥机智，把握机遇。

鲁施氏有二子，其一好学，其一好兵。好学者以术干齐侯，齐侯纳之，以为诸公子之傅①。好兵者之楚，以法干楚王，王悦之，以为军正②。禄富其家，爵荣其亲。

施氏之邻人孟氏同有二子，所业亦同，而窘于贫，羡

① 诸公子：一般的公子，即诸侯妾生的儿子。傅：老师。
② 军正：军中执法之官。

施氏之有，因从请进趋之方①。二子以实告孟氏。孟氏之一子之秦，以术干秦王。秦王曰："当今诸侯力争，所务兵食而已。若用仁义治吾国，是灭亡之道。"遂宫而放之②。其一子之卫，以法干卫侯。卫侯曰："吾弱国也，而摄乎大国之间③。大国吾事之，小国吾抚之，是求安之道。若赖兵权，灭亡可待矣。若全而归之，适于他国，为吾之患不轻矣。"遂刖之④，而还诸鲁。

既反，孟氏之父子叩胸而让施氏⑤。施氏曰："凡得时者昌，失时者亡。子道与吾同，而功与吾异，失时者也，非行之谬也。且天下理无常是，事无常非。先日所用，今或弃之；今之所弃，后或用之。此用与不用，无定是非也。投隙抵时⑥，应事无方，属乎智。智苟不足，使若博如孔丘，术如吕尚⑦，焉往而不穷哉！"

孟氏父子舍然无愠容⑧，曰："吾知之矣。子勿重言！"

---

① 进趋之方：求取功名的办法。 ② 宫：施以宫刑。 ③ 摄：夹迫。 ④ 刖（yuè 月）：砍断双脚，为古代酷刑。 ⑤ 叩胸：拍打着胸脯。让：责难。 ⑥ 投隙抵时：迎合时机，行动及时。 ⑦ 吕尚：即姜太公。齐国的始祖。相传他富于谋术。 ⑧ 舍然：即"释然"。愠容：怨恨的面色。

【翻译】

鲁国姓施的人家有两个儿子，一个喜好学问，一个喜好兵法。喜好学问的用学术求取齐侯进用，齐侯收纳了他，让他做诸公子的老师。喜好兵法的到了楚国，用兵法求取楚王进用，楚王很喜欢他，让他做了军正。二人的利禄使他家庭富有，爵位使他亲族显荣。

施氏的邻居孟氏也同样有两个儿子，所从事的专业也相同，却窘于贫困。他们羡慕施氏的富有，就去请求进取功名之道。施氏的两个儿子对他们以实相告。于是孟氏的一个儿子到了秦国，用学术干求秦王。秦王说："当今诸侯鼎力相争，着力经营的只是兵马和粮草而已。如果用仁义之道来治理我的国家，这是灭亡之道。"于是将他处以宫刑，放了回去。一个儿子到了卫国，用兵法干求卫侯。卫侯说："我国是个弱国，却夹处在大国中间。大国我侍奉它，小国我安抚它，这是求得安宁之道。如果依赖兵略权谋，那么灭亡将指日可待。如果我保全他而让他回去，到了别的国家，为害我国一定不浅。"于是砍断了他的双脚，让他回到鲁国。

回来之后，孟氏父子捶打胸脯责难施氏。施氏说道："凡是得到时势的就兴盛，失去时势的就灭亡。你的道术与我相同，可效果却与我不一样，这是因为失去了时势，而不是行为本身的错误。而且天下的道理没有永远都对的，事理没有永远都不对的。先前曾用过的，现在或许会加以抛弃；现在所抛弃的，今后或许还会使用。这用与不用，本来没有一定的是非。赶上时机，行动及时，应变于事，没有固定的方法，全凭智慧的把握。假如智慧不足，即使像孔丘那样博学，像吕尚那样多术，又何处不遭到困窘呢！”

孟氏父子听了，坦然没有了愠容，说道：“我们知道了。你不要再说了！”

歧路亡羊

本章是《说符篇》第二十三章。它以多歧亡羊为比喻，阐发学道的方法与途径，认为“大道以多歧亡羊，学者以多方丧生”，“唯归同反一，为亡得丧”，只有抓住根本，守住主干，坚持下去，才能够不迷失方向，不误入歧途。

杨子之邻人亡羊，既率其党，又请杨子之竖追之①。杨子曰：“嘻！亡一羊何追者之众？”邻人曰：“多歧路。”既反，问：“获羊乎？”曰：“亡之矣。”曰：“奚亡之？”曰：“歧路之中又有歧焉，吾不知所之，所以反也。”

---

① 竖：童仆。

杨子戚然变容，不言者移时①，不笑者竟日。门人怪之，请曰："羊，贱畜，又非夫子之有，而损言笑者②，何哉？"杨子不答。门人不获所命③。

弟子孟孙阳出以告心都子④。心都子他日与孟孙阳偕入，而问曰："昔有昆弟三人，游齐鲁之间，同师而学，进仁义之道而归。其父曰：'仁义之道若何？'伯曰：'仁义使我爱身而后名。'仲曰：'仁义使我杀身以成名。'叔曰：'仁义使我身名并全。'彼三术相反，而同出于儒，孰是孰非邪？"杨子曰："人有滨河而居者，习于水，勇于泅，操舟鬻渡，利供百口。裹粮就学者成徒，而溺死者几半。本学泅，不学溺，而利害如此。若以为孰是孰非？"

心都子嘿然而出⑤，孟孙阳让之曰："何吾子问之迂，夫子答之僻？吾惑愈甚。"心都子曰："大道以多歧亡羊，学者以多方丧生。学非本不同，非本不一，而末异若是。唯归同反一，为亡得丧。子长先生之门，习先生之道，而不达先生之况也⑥，哀哉！"

---

① 移时：持续了一段时间。 ② 损言笑：指不言不笑损，减掉。 ③ 不获所命：没有得到他的教令。命，教令。 ④ 心都子：人名，与杨朱同时。 ⑤ 嘿：同"默"。 ⑥ 况：比方，譬喻。

【翻译】

杨子的邻居丢了羊，他已经带领了一家老小去追赶，又来请杨子的童仆帮忙。杨子说道："哈！丢了一只羊为什么要那么多人去追？"邻居说："岔路很多呀！"他们回来之后，杨子问："找到羊了吗？"回答说："跑了。"杨子说："为什么跑了呢？"回答说："岔路当中又有岔路，我不知道该走哪条路，所以就回来了。"

杨子听了，忧戚地改变了面色，有好一段时间不说话，一整天都没露过笑容。门人感到奇怪，问道："羊，不过是低贱的牲畜，又不是您的，却为之不言不笑，是为什么啊？"杨子不回答。门人没有得到教诲。

弟子孟孙阳出来后将此事告诉给心都子。心都子有一天与孟孙阳一起进去，问杨子道："过去有弟兄三人，游学于齐鲁之间，他们跟从同一位老师学习，掌握了仁义之道回返。他们的父亲问：'仁义之道是什么样的呢？'老大说道：'仁义之道使我爱惜自己的身体，而把名声放在后面。'老二说：'仁义之道使我牺牲自己的生命来成就名声。'老三说：'仁义之道使我性命、名声一道保全。'他们三人道术相反，却同出于儒家，请问谁对谁错呢？"杨子说道："有个人靠河居住，习于水性，勇于泅渡，操船卖渡，他的收获可以供养一百口人。带着干粮来向他学习的人成群结队，然而溺死的人几乎占了一半。本来是来学泅渡的，不学溺水，可是其利害关系竟是这样。你以为谁对谁错呢？”

心都子默然走出了门，孟孙阳责怪他说：“为什么你问得那么迂曲，夫子答得又那么怪僻？我更加迷惑了。”心都子说：“大路因为多歧路而跑失了羊，学习的人因为方略多而丧失生命。所学不是根本不同，不是根本有二，然而枝梢末节却这样不同。只有回归到同一之道，才没有得失。你受教于先生的门下，学习先生的道术，却不明白先生的比况所指，真是令人悲哀呀！”

杨朱之弟

本章是《杨朱篇》第二十四章。它说明了这样的道理：凡事若从对方的角度想一想，或许会理解对方的行为，而不致于固执妄怒。

杨朱之弟曰布，衣素衣而出。天雨，解素衣，衣缁衣而反。其狗不知，迎而吠之。杨布怒，将扑之①。杨朱曰："子无扑矣！子亦犹是也。向者使汝狗白而往，黑而来，岂能无怪哉？"

---

① 扑：击打。

【翻译】

杨朱的弟弟叫杨布，他穿着白色的衣服出了门。天下雨了，他脱掉白衣服，换上黑衣服回家。他家的狗不知道，就迎面向他叫唤。杨布生气了，想要击打它。杨朱说道："你不要打它！你也像它一样，假如刚才让你的白狗出去了，回来后却变成了一只黑狗，你能不奇怪吗？"

鲍氏之子言万物并类

本章是《说符篇》第二十八章。它是说天生万物，本无贵贱，没有天生的从属供给关系。世间万物的从属制约关系是后天智能力量的差异造成的。它发挥了道家“天道无情”的观点。

齐田氏祖于庭①，食客千人。中坐有献鱼雁者②，田氏视之，乃叹曰：“天之于民厚矣！殖五谷，生鱼鸟，以为之用。”众客和之如响。

鲍氏之子年十二，预于次③，进曰：“不如君言。天地万物与我并生，类也。类无贵贱，徒以小大智力而相制，

① 祖：祭祖。 ② 雁：鹅。 ③ 预于次：参加宴会。次，位次。

迭相食[1];非相为而生之。人取可食者而食之,岂天本为人生之？且蚊蚋噆肤[2],虎狼食肉,非天本为蚊蚋生人、虎狼生肉者哉!”

【翻译】

齐国田姓一家在庭院中祭祖,赴宴的有上千人。坐中有个人献上鲜鱼和肥鹅作为礼物,田氏看了,感慨地说道:“上天对百姓的恩德可真是深厚啊！繁殖五谷,生长鱼鸟,用来供人享用。”众位宾客都纷纷应和。

鲍氏的儿子十二岁,参加了宴席,上前说道:“不像您说的那样。天地万物和我一起生长,都是物类。物类之间没有贵贱,只是因为小大智力而相制服,轮流相食;不是为了相互需要而长的。人拿可食的东西来食用,难道是天本为人生长这些可食的东西吗？如是这样,那蚊子叮咬人的肌肤,虎狼吃肉,不就是天本为蚊子生长人,为虎狼生长肉了吗？”

① 迭相食:一个吃一个。 ② 噆(zǎn):叮咬。

《古代文史名著选译丛书》编纂始末①

马樟根　安平秋

今年1月,《古代文史名著选译丛书》已经出到100种101册(其中《史记》为2册)。4月份,最后的33种也已交稿。这样,全书133种即将呈献在读者面前。② 一项服务当前、造福子孙的普及优秀古代文化、进行爱国教育的大工程将宣告完工了。回想

① 《古代文史名著选译丛书》由全国高校古籍整理研究工作委员会主持,古委会直接联系的18个古籍整理研究所为主要承担机构,章培恒、安平秋、马樟根任主编。本文于1992年4月,在《中国典籍与文化》杂志发表时题目是《衣带渐宽终不悔——〈古代文史名著选译丛书〉编纂始末》。这次将此文作为2011年修订版附录时,去掉原正标题,以原副标题为正式题目。 ② 至1994年4月最后定稿时,全书为135部。2011年修订版出版时,全书为134部。

这一套丛书动员18所院校，投入100余人，从1985年筹划，1986年起步，到今天已度过了六七年的岁月，个中甘辛令人难以忘怀。

一、北大·苏州·北大

——酝酿与筹划

编纂这样一套丛书，起因于1981年7月。当时陈云同志派人到北京大学召开了小型座谈会。来人告诉与会人员陈云同志最近在考虑两个问题：一个是粮食，一个是古籍整理。对古籍整理，特别讲到陈云同志说："整理古籍，为了让更多的人看得懂，仅作标点、注释、校勘、训诂还不够，要有今译，争取做到能读报纸的人多数都能看懂。有了今译，年轻人看得懂，觉得有意思，才会有兴趣去阅读。今译要经过选择，要列出一个精选的古籍今译的目录，不要贪多。"这就是后来收入《陈云文选》的那段话。1981年9月，中共中央关于整理我国古籍的文件中一字不差地强调了这段话。1983年，教育部成立了全国高校古籍整理研究工作委员会（简称古委会）。古委会主任周林同志根据中央和陈云同志意见，提出了组织力量今译古籍。但在当时，经过"文革”后的古籍整理工作百废待兴，加之一些学者对今译重要性的认识远非今日之深，这一工作一拖便是两年。

1985年5月，全国高校古委会在苏州召开了一届二次会议。周林同志在会上作了“人才培养和古代文化遗产普及问题”的专题发言，他分析了“解放三十多年来，由于‘左’的路线干扰，特别是‘文化大革命’，几乎使我们的民族文化到了中断的边缘，出现了对古代文化知之不多，或知之甚少的状况”，要教育界的同志“做好普及古代文化知识的工作”，搞好古籍的今注今译就是其中的一项重要任务，“高校古委会要在这方面多下功夫”，“高校古籍研究所无疑应担负起这个任务”。他针对当时一些人轻视古籍的今注今译思想，呼吁“我们对于选本、今译等有利于教育普及的东西，应承认它的学术价值”，“《昭明文选》、《唐诗三百首》、《古文观止》等是地道的选本，流传几百年，发生那么大的影响，能说没有水平？”“专家们深入浅出的在对古文献研究基础上的译注，对普及古代优秀文化作出重大贡献，算不算高水平的成果呢？”“古文既要译得恰当、准确，又要通畅易懂，难度是很大的”，“为了社会主义精神文明建设，古籍整理这方面也要作出应有的贡献”。一石激浪，沉寂了几年的今译古籍的话题又重新活跃起来。会上作了一番认真讨论。

经过这样的酝酿，1985 年 7 月，全国高校古委会科研项目评审组的专家们聚集在北京大学勺园，筹划编纂一套古籍今译的精选本。初步定名为《古籍今译丛书》，议定了收书范围、内容，开列了 65 种书的选目。并决定由科研项目专家评审组召集人、复旦大学古籍所所长章培恒教授和参加过陈云同志在北大召开座谈会、当时古委会主管科研工作的副秘书长安平秋同志共同负责，与秘书处同志一起具体筹划。经几个月的筹备，决定由古委会直接联系的 18 个高校古籍研究所承担这一工作，组成编委会，并开列出 89 种书的选目，对选译的进度、规划亦作了设计。此时，几家出版社闻讯而至，表示愿意出版这套丛书。最早与我们联系的巴蜀书社的段文桂社长以其强烈的事业心和对古籍今译的高度重视感动了我们，于是决定邀请巴蜀书社编辑参加第一次编委会议。

二、从柳浪闻莺到桂子山上

——第一批书稿的产生

第一次编委会于 1986 年 5 月在杭州柳莺宾馆

召开。宾馆因位于西湖十景之一的柳浪闻莺而得名。全国高校18个研究所的24名学者和有关人员聚集在这风景胜地，无心观柳，亦无从闻莺，紧张地工作了三天。会上确定了这套普及读物的读者对象是具有中等以上文化程度的广大群众，收书范围是中国历代文史名著，在名著之中选精。所选书目，在原拟89种基础上，调整为116种，以形成系统性。书中选篇之下分提示、原文、今译、注释四部分，以译文为主，书前有一前言，书中加入必要的插图。每一种书约10—15万字。书名确定为《古代文史名著选译丛书》。即由到会的24位学者组成丛书编委会①，由章培恒、马樟根、安平秋三人任主编。于是，编委会立即分成三个工作小组，在会上分头拟出丛书《凡例》、《编写、审稿要求》和《文稿书写格式》，经讨论修改而形成了正式文字以供遵循。在

① 编委会成员按姓氏笔划排列为：

马樟根　平慧善　安平秋　刘烈茂　许嘉璐　李国祥
金开诚　周勋初　宗福邦　段文桂　董治安　倪其心
黄永年　章培恒　曾枣庄（以上为常务编委）
王达津　吕绍纲　刘仁清　刘乾先　李运益　杨金鼎
曹亦冰　常绍温　裴汝诚（以上为编委）

自报的前提下，会上确定了由18个研究所承担前40部书的今译任务，要求当年年底完成。古委会主任、丛书顾问周林同志对编委会的认真精神、紧张工作和显著效率十分赞赏，他说："有这样一个编委会，有这样一个阵容来做选译，使中国历史文化不成为专属于少数人的知识，使能看报纸的人都读懂自己民族的名著，从而树立爱国主义、建设有民族特色的精神文明，其意义之深远将会在今后愈益显露出来。"于是，有1000余万字的大工程便从这里开始了。

当年年底各研究所的今译书稿经作者完成后，由在该所的编委审改，到1987年5月和7月，先后在复旦大学、北京大学两次召开编委审稿会。这种审稿会，说是审稿，实际上是边审边改，字斟句酌，每部书稿必须经一位编委、一位常务编委审改把关，经过这样两道工序，汇总到主编手中，40部书稿通过了25部。其中部分书稿赶印了样稿征求意见。于是周林同志于7月6日在北大临湖轩邀请了在京十几位专家与正在审稿的编委一起研究样稿，探讨如何提高这套今译丛书的质量。

根据编委审稿发现的问题和在京专家们的意

见，从书亟需在已定体例的框架中条列细则；而出版单位巴蜀书社又希望所出版的第一批书为50种以便形成格局，需要布置各研究所承担新的今译任务。这样，1987年10月在华中师范大学再次召开了编委会，又请了詹锳、周振甫、刘乃和、郭预衡等先生到会指导。

这次编委会是在审看了40部书稿后，发现了一大批问题亟待解决，又是在需要布置下一步任务的状况下召开的，是一次承上启下的编委会。会议初期人们的心情和会上的气氛都带有一股子严峻与急切。会议从5日到8日开了三天半。但是在4日晚上开预备会的时候，主编章培恒先生尚未到会，亦无他是否已从上海出发的信息。5日上午就要开会了，主编不到怎么行呢？5日一早，我们还在沉睡之中，忽听有人敲门，进来的竟是章培恒！一向风神儒雅、衣装考究的章培恒先生，此时却是一身尘灰、满脸疲惫地站在我们面前。原来他从上海出发前，未能买到机票或船票，而上海到武汉又没有直达火车，只好先从上海坐火车到长沙，为了不误5日上午开会，他只好买了一张无座票，夜间从长沙出发一直站到武昌。一向走路辨不清方向的章培恒竟然在夜色未退之前一人从车站摸到了华中师大专家楼，也算是奇迹。

这次编委会，从体例的具体要求、书中选篇是否合适、每篇中的提示如何写、注释的繁简和语言的通俗性，到今译的信达雅如何把握，例如李白的“床前明月光，疑是地上霜，举头望明月，低头思故乡”这样通俗的诗是否要翻译，在在都有热烈的争论。感谢编委们的努力和学术判断力，最后终于形成了一个《细则》，一切争论都统一在这个《细则》之上。编委们在思想明确、分得新的任务之后，显出了少有的轻松与喜悦。会议结束正逢中秋节，华中师大的专家楼坐落在武昌桂子山上。入夜，桂子山上举行了赏月茶会，几张方桌，围坐着全体编委和特邀到会专家。天上明月如盘，清辉洒地，眼前桂树葱茏，桂花飘香，华中师大古籍研究所的青年们活跃席间，引得王达津先生即席赋诗，刘乃和先生清唱京戏。这气氛预示着《古代文史名著选译丛书》克服了当前的困难，第一批50种书稿有如母腹中的胎儿，快要降生了。

三、华清池畔的愁云与人民大会堂的欢欣

——第一批书出版的柳暗花明

1988年10月，编委们再一次聚会，审定第一批

50种中的最后十几部书稿、修改第二批50种中的大量书稿。这次审稿是在“东枕华山、西拒咸阳”的骊山脚下、华清池滨的一家招待所。这里古朴而不豪华，食宿低廉却又实惠，审稿之余，左近有风景可观，有古迹可寻，房内有43℃的温汤沐浴，编委们平日在校教学、科研工作劳累而生活清苦，如今有这样的环境与条件，感到少有的惬意。我们作为主编觉得这也是对编委们两年来辛勤编书的一点补偿。但这种适意之感很快就被两件事所驱散。一件事是书稿的质量。几十部书稿交来，一经审看，从注译到体例完全合格的只有寥寥可数的三四部，余下的，或需小改，或需大改，或根本不合格需退回重作。另一件事是出版发行成了问题。到会的巴蜀书社副社长黄葵同志向大家通报了即将印出的16本书征订情况，最多的为2000册，且只有一种，其他的只有800册、600册，甚至还有200余册。征订不佳，销路不畅，出书要赔钱，出版社为难，编委们又无计可施。此时哪还有心思去观赏“骊山云树郁苍苍，历尽周秦与汉唐”？也无心绪登上骊山，在烽火台前怀古。且正值“楼台八月凉”的节令，只有华清池畔秋雨飘零，秋风瑟瑟，落叶满地，不禁愁从中来。

愁则愁，还得面对现实。书稿质量不高，靠到会近20位编委十余天的逐字逐句修改，终于改定合格17部。至于出版发行问题，巴蜀书社的朋友费心经营，重新设计了封面，改进装帧，将第一批50种装成一个大礼品盒，成盒出售。从中又得到了国家新闻出版署、四川省出版局、国家教委有关司局和各省市教委的大力支持与帮助，发行面得以扩大，到了1990年下半年，首印的17000套书销售已尽，而问讯、索购者不绝，出版社决定再印30000套以供读者需要。中央领导了解到这套丛书受到读者欢迎，欣然为丛书题辞，江泽民总书记的题辞是“做好我国古代文史名著的传播普及工作，使其古为今用，以发扬爱国主义精神”，李鹏总理的题辞是“弘扬民族优秀文化，激励爱国主义精神”。李瑞环同志也为丛书题了辞。

1990年8月22日在北京人民大会堂召开了《古代文史名著选译丛书》出版座谈会。国家领导人李铁映、胡乔木、李德生、陈丕显、廖汉生、王汉斌、王光英出席，古委会主任周林同志主持会议，到会各阶层代表在发言中从不同角度肯定了这套书对促进青少年了解历史、了解国情、了解中华民族优秀传统文化、进行爱国主义教育的作用。时值盛夏，却逢喜雨，洗却了编委和出版社同志心中的忧虑，参加大会堂座谈会的13名常务编委会后又聚集在北京大学讨论深入认识编纂这套丛书的重大意义，研究审改好第二批书稿的具体措施。

四、从舜耕山庄耕作到乐山脚下

——第二批书稿审定之艰辛

第二批书稿50种50册，是1987年10月布置的。1988年10月在西安审改合格的17部书稿都已放入第一批中以替换原已通过的第一批中质量较差的书稿。这样，第二批书稿当时余下的已完成的有20余部，却都不合格，只能要求译注者和编委再行修改。一年之后，编委会汇总来重新改好和新译注交来的第二批书稿44部，1989年10月于济南千佛山下的舜耕山庄召开了常务编委审稿会。

这次审稿，发现的问题较多。有的选目不当，如有的史书重要人物的传不选却选入无关紧要而又无学习价值的人物传，有的名家的文章名篇不选却选入既无文学价值又无借鉴意义的篇章。有的选译所依据的底本不当，舍弃现有的精校本却用校勘不善的本子。有的虽有根据地改动正文却只在注释中说“原作……据别本改”，而不指明据何本改。有的注释过繁，不利于一般读者阅读；有的注释极简，该注释的地方不注，使广大读者看了译文仍无法理解全文的精妙；而更多的是注释不准确，对一字一词增字为训而歪曲了原意的毛病也较普遍。译文问题更多，有的语义不清，佶屈聱牙，把“三顾频烦天下计，两朝开济老臣心”译为“三顾茅庐频烦为天下大计，两朝事业开济尽老臣忠心”，有的为追求通俗生动把“君何往”中的“君”译为“老兄”。每篇的提示，有的写得很长变成了文章赏析，有的虽短却不中肯綮，用了类似“文革”期间的语言扣几顶大帽子了事。看这样的稿子都觉头痛，改这样的稿子更感艰难。审稿历时 12 天，参加审稿、当时 63 岁的黄永年先生向我们诉苦：“头发掉了一把！”有的编委说，千佛山古称历山，传说舜在这里开垦耕耘，十分艰辛，我们住在舜耕山庄，预示着我们为这套丛书垦荒笔耕，也要历尽千辛。这次审稿，经过审改之后，有 10 部书稿合格，有 11 部需会后再作小的修改方能通过，余下的均需作大的改动或另请人译注。

这次审稿还研究了所选戏曲部分的曲辞如何今译问题，如规定了念白中出现的诗句只注不译，上、下场诗只注不译，注而不译的文字在译文中应予保留以便参读。

到1990年12月，丛书常务编委在广州研究丛书如何体现批判继承精神、如何提高第二批书稿质量时，又有18部书稿完成交来。为了保证书稿质量，使1991年上半年召开的常务编委审稿会得以顺利进行，我们三个主编从广州匆匆赶到北京，用了一周时间审看了这18部书稿，通过了7部，11部退改。当我们看完最后一部书稿碰头研究时，已是12月31日。在1990年一年内，我们仅仅通过了这7部书稿。加上1989年在舜耕山庄通过的10部，也仅有17部，尚差33部方足第二批的50部。

1991年5月，常务编委来到古称嘉州的乐山市，在乐山山腰的八仙洞宾馆继续审改第二批书稿。改稿时间只有十天，要力争将50部推出，其繁重可知。我们在改稿过程中，不禁想到明万历年间嘉州知州袁子让的诗句“登临始觉浮生苦”，想到这套丛书从起步到这次审改已历时5年，当初怎么也没有想到完成这套丛书会是如此的艰辛，真是登临始觉笔耕苦啊！

这次乐山审稿，通过了13部书稿。好在余下的20部书稿只须小改即可在会后交稿，终于在1991年8月将这20部书稿全部改定交巴蜀书社。第二批50部历时近四年终于定稿了。

五、在金陵古都作光辉的一结

——第三批书稿的完成

1990年12月据出版社的要求，这套丛书出齐当为150种，到乐山会上又修正为110种至125种，最后数字的确定根据最后一次审稿结果而定，合格的即入选，不合格的不再修改选入。根据这一共识，今年4月中旬，我们一部分常务编委聚集到六朝古都南京，从已经交来的35部书稿中选择经小改合格的书稿。经过十一天的劳作，选择、改定33部，由到会的常务编委、巴蜀书社的段文桂总编和编委、巴蜀书社的刘仁清副编审带回成都，将经由他们的继续辛苦而使《古代文史名著选译丛书》以133部、1500万字之数呈献给热爱中华文化的读者。

这套丛书从1986年5月起步，历时整整六年，平日繁细工作不计，仅编委大小审稿会就开了12次之多。丛书的发起人、顾问、古委会主任周林同志先后参加了8次审稿会，每次都自始至终和大家在一起，听取审稿情况，了解遇到的问题；当我们遇到困难的时候他为我们鼓劲，当我们感到欣喜的时候他提醒我们不可大意。这次他又和我们一起来到虎踞龙蟠的石头城下，为我们督阵，看我们能否为这套丛书作出光辉的一结。

此时此刻，我们与这次会议的东道主、丛书常务编委、南京大学的周勋初先生漫步在中山陵旁，想到今译丛书已基本完成，自然感到如释重负，但理智却使我们不敢轻松，我们期待着全书133部出齐之后专家、读者的评头品足。

1992年4月26日

（原载《中国典籍与文化》1992年第1期）

古代文史名著选译丛书(修订版)总目

丛书主编:章培恒　安平秋　马樟根

书　名	译注者		审阅者		定价/元
老子注译	张玉春	金国泰	安平秋		16.00
庄子选译	马美信		章培恒		18.00
荀子选译	雪　克	王云路	董治安	许嘉璐	19.00
申鉴中论选译	张　涛	傅根清	董治安		18.00
颜氏家训选译	黄永年		许嘉璐		15.00
论语注译	孙钦善		宗福邦		28.00
孟子选译	刘聿鑫	刘晓东	黄　葵		20.00
墨子选译	刘继华		董治安		14.00
韩非子选译	刘乾先	张在义	黄　葵		19.00
新序说苑选译	曹亦冰		倪其心		25.00
论衡选译	黄中业	陈恩林	许嘉璐		22.00
管子选译	缪文远	缪　伟	董治安		18.00
列子选译	王丽萍		周勋初	倪其心	19.00
韩诗外传选译	杜泽逊	庄大钧	董治安		24.00
盐铁论选译	孙香兰	刘光胜	黄永年		13.00
诗经选译	程俊英	蒋见元	刘仁清		19.00
楚辞选译	徐建华	金舒年	金开诚		15.00
贾谊文选译	徐　超	王洲明	安平秋		17.00
司马相如文选译	费振刚	仇仲谦	安平秋		11.00
文心雕龙选译	周振甫		黄永年		17.00
庾信诗文选译	许逸民		安平秋		18.00

书　名	译注者		审阅者		定价/元
嵇康诗文选译	武秀成		倪其心		18.00
谢灵运鲍照诗选译	刘心明		周勋初		18.00
陈子昂诗文选译	王　岚		周勋初	倪其心	14.00
李白诗选译	詹　锳	等	章培恒		22.00
高适岑参诗选译	谢楚发		黄永年		23.00
元稹白居易诗选译	吴大逵	马秀娟	宗福邦		21.00
柳宗元诗文选译	王松龄	杨立扬	周勋初		18.00
李贺诗选译	冯浩菲	徐传武	刘仁清		20.00
杜牧诗文选译	吴　鸥		黄永年		14.00
李商隐诗选译	陈永正		倪其心		19.00
唐五代词选译	亦　冬		董治安		16.00
唐文粹选译	张宏生		周勋初		18.00
晚唐小品文选译	顾歆艺		平慧善		15.00
黄庭坚诗文选译	朱安群	等	倪其心		18.00
辛弃疾词选译	杨　忠		刘烈茂		24.00
元好问诗选译	郑力民		宗福邦		20.00
宋四家词选译	王晓波		倪其心		16.00
黄宗羲诗文选译	平慧善	卢敦基	马樟根		15.00
吴伟业诗选译	黄永年	马雪芹	安平秋		20.00
方苞姚鼐文选译	杨荣祥		安平秋		20.00
明代散文选译	田南池		马樟根		22.00
顾炎武诗文选译	李永祜	郭成韬	刘烈茂		23.00
张衡诗文选译	张在义 韩格平	张玉春	刘仁清		16.00
汉诗选译	张永鑫	刘桂秋	金开诚		19.00

书名	译注者		审阅者		定价/元
阮籍诗文选译	倪其心		刘仁清		15.00
三曹诗选译	殷义祥		刘仁清		22.00
诸葛亮文选译	袁钟仁		董治安		16.00
陶渊明诗文选译	谢先俊	王勋敏	平慧善		16.00
杜甫诗选译	倪其心	吴鸥	黄永年		17.00
王维诗选译	邓安生	等	倪其心		20.00
刘禹锡诗文选译	梁守中		倪其心		20.00
孟浩然诗选译	邓安生	孙佩君	马樟根		18.00
韩愈诗文选译	黄永年		李国祥		20.00
欧阳修诗文选译	林冠群	周济夫	曾枣庄		20.00
曾巩诗文选译	祝尚书		曾枣庄		19.00
苏轼诗文选译	曾枣庄	曾弢	章培恒		23.00
李清照诗文词选译	平慧善		马樟根		15.00
陆游诗词选译	张永鑫	刘桂秋	黄葵		24.00
朱熹诗文选译	黄珅		曾枣庄		20.00
文天祥诗文选译	邓碧清		曾枣庄		20.00
袁枚诗文选译	李灵年	李泽平	倪其心		20.00
王安石诗文选译	马秀娟		刘烈茂	宗福邦	18.00
二程文选译	郭齐		曾枣庄		25.00
范成大杨万里诗词选译	朱德才	杨燕	董治安		26.00
萨都剌诗词选译	龙德寿		曾枣庄		28.00
王阳明诗文选译	吴格		章培恒		18.00
徐渭诗文选译	傅杰		许嘉璐	刘仁清	17.00
李贽文选译	陈蔚松	顾志华	李国祥	曾枣庄	17.00

书　名	译注者	审阅者	定价/元
三袁诗文选译	任巧珍	董治安	17.00
王士禛诗选译	王小舒　陈广澧	黄永年	13.00
龚自珍诗文选译	朱邦蔚　关道雄	周勋初	13.00
尚书选译	李国祥　刘韶军 谢贵安　庞子朝	宗福邦	14.00
礼记选译	朱正义　林开甲	宗福邦	22.00
左传选译	陈世铙	董治安	22.00
国语选译	高振铎　刘乾先	黄　葵	22.00
战国策选译	任　重　霍旭东	李国祥	21.00
吕氏春秋选译	刘文忠	董治安	17.00
吴越春秋选译	郁　默	倪其心	19.00
史记选译	李国祥　李长弓 张三夕	安平秋	29.00
汉书选译	张世俊　任巧珍	李国祥	22.00
后汉书选译	李国祥　杨　昶 彭益林	许嘉璐	24.00
三国志选译	刘　琳	黄　葵	18.00
晋书选译	杜宝元	许嘉璐	15.00
宋书选译	漆泽邦　孔　毅	李国祥	19.00
南齐书选译	徐克谦	周勋初	18.00
北齐书选译	黄永年	安平秋	16.00
梁书选译	于　白	周勋初	17.00
陈书选译	赵　益	周勋初	17.00
南史选译	漆泽邦	安平秋	22.00
北史选译	刁忠民	段文桂	20.00

书名	译注者	审阅者	定价/元
周书选译	黄永年	安平秋	15.00
魏书选译	杨世文 郑晔	周勋初	22.00
隋书选译	武秀成 赵益	周勋初	20.00
新唐书选译	雷巧玲 李成甲	黄永年	16.00
旧唐书选译	黄永年	章培恒	16.00
新五代史选译	李国祥 王玉德 姚伟钧	周勋初	18.00
旧五代史选译	贾二强	黄永年	17.00
宋史选译	淮沛 汤墨	曾枣庄	20.00
辽史选译	郭齐 吴洪泽	曾枣庄	21.00
金史选译	杨世文 祝尚书 李文泽 王晓波	曾枣庄	21.00
元史选译	樊善国 徐梓	马樟根	25.00
明史选译	杨昶	李国祥	20.00
清史稿选译	黄毅	章培恒	22.00
贞观政要选译	裴汝诚 王义耀	黄永年	18.00
史通选译	侯昌吉 钱安琪	周勋初	16.00
资治通鉴选译	李庆	黄永年	16.00
续资治通鉴选译	徐光烈	安平秋	24.00
通鉴纪事本末选译	谈蓓芳	章培恒	21.00
洛阳伽蓝记选译	韩结根	章培恒	22.00
梦溪笔谈选译	李文泽	曾枣庄	20.00
徐霞客游记选译	周晓薇 等	黄永年 马樟根	17.00
宋代笔记小说选译	朱瑞熙 程君健	金开诚等	19.00
关汉卿杂剧选译	黄仕忠	刘烈茂	24.00

书名	译注者	审阅者	定价/元
明代文言短篇小说选译	黄　敏	章培恒	23.00
六朝志怪小说选译	肖海波　罗少卿	刘仁清	21.00
世说新语选译	柳士镇　钱南秀	周勋初	23.00
水经注选译	赵望秦　段塔丽　张艳云	许嘉璐	19.00
唐人传奇选译	周　晨	曾枣庄	24.00
唐五代笔记小说选译	严　杰	周勋初	21.00
大慈恩寺三藏法师传选译	贾二强	黄永年	18.00
宋代传奇选译	姚　松	周勋初	22.00
聊斋志异选译	刘烈茂　欧阳世昌	章培恒	22.00
阅微草堂笔记选译	黄国声	安平秋	16.00
清代文言小说选译	王火青	周勋初	23.00
历代名画记图画见闻志选译	周晓薇　赵望秦	黄永年	17.00
容斋随笔选译	罗积勇	宗福邦	20.00
唐才子传选译	张　萍　陆三强	黄永年	24.00
西厢记选译	王立言	董治安	20.00
元代散曲选译	彭久安	刘烈茂　金开诚	21.00
日知录选译	张艳云　段塔丽	黄永年	22.00
桃花扇选译	张文澍	章培恒　段文桂	15.00
牡丹亭选译	卓连营	章培恒	14.00
长生殿选译	戚海燕	董治安	20.00